キッチン常夜灯

真夜中のクロックムッシュ

長月天音

角川文庫
24165

目次

プロローグ　5
第一話　寂しい夜の肉料理　仔羊のロースト　18
第二話　仲直りのピサラディエール　74
第三話　真夜中のクロックムッシュ　123
第四話　秋の夜長の煮込み料理　162
第五話　特別な夜に　仔牛のブランケット　220
エピローグ　302

プロローグ

視界の隅で電話機の外線ランプが光った。

嫌だな、と思ったとたん、着信音が鳴り響く。

向かい側に座る三浦（みうら）さんがサッと席を立った。目が合わないように顔をうつむけ、洗面所に向かう。私は心の中で舌打ちをして仕方なく手を伸ばした。どうか面倒な電話ではありませんように。

「お待たせいたしました、株式会社オオイヌ、新田（にった）でございます」

『お世話になっております。モリイ食品の段田（だんだ）です』

業者さんだ。私はホッとして購買部の丸岡（まるおか）さんへと回す。

取り次ぎだけなら三浦さんだってできるだろ。胸のなかで呟く。

でも、三浦さんは業者名を言われても何の業者かわからないし、どの部署に回したらいいかもわからない。覚える気がない。彼はきっとそういう面倒なことを放棄したのだ。本社に異動になった時から。

株式会社オオイヌ。東京・神奈川に「ファミリーグリル・シリウス」というカジュアルな洋食店を展開する中小企業が私の勤務先である。

三浦さんは本社に来るまで「シリウス」上野店の店長だった。

思えば彼も気の毒だと思う。でも、それと私の仕事が増えたのは別問題だ。

「女性活躍」

女性の社会進出という世の中の風潮にわが社は乗った。飲食業界ではおそらく真っ先に乗ったかもしれない。社長はそういうことが好きなのだ。

三年前、突如として「シリウス」のおよそ半分の店舗で女性店長が誕生した。

もともと店長の多くはベテラン男性社員だった。べつに女性をないがしろにしていたわけではない。そこそこの歴史を持つわが社は、もともと男性社員の比率が高かった。それに、飲食店は正直に言って３Ｋの職場だ。勤続二十年を超える女性社員など片手の指で足りるほどしかいないのが実情だった。

そんな状況での「女性活躍」。

つまり、既存店のおよそ半分でベテラン男性社員が居場所を失ったわけである。

その中の一人が三浦さんだった。

三浦さんはなかなか洗面所から戻ってこなかった。

私の目はモニターの文字を追っている。しかし、まったく集中できていない。

午前中にメールの返信だけでも終えてしまいたいのに、一件の返信にいったい何分かかっているのだろう。それにも苛立(いらだ)ち、乱暴にキーボードをたたく。

ふっと目の前に影が差した。三浦さんが戻ってきたのだ。

もしもまた電話が鳴ったら、再び洗面所へ立つつもりだろうか。

その時は「お腹の調子、悪いんですか」とでも言ってやろうか。

ああ、だめだ。やっぱり集中できない。

私も本社に異動になった当初は、電話が鳴るたびに緊張した。

早見(はやみ)先輩に「早く出ろ」と言われ、勇気を振り絞って受話器を取った。

何度も会社名を聞き違え、用件を確認した。間違いなく先方に迷惑をかけた。

しかし、電話を取りつづけたおかげで、頻繁にかけてくる業者名を覚えた。緊張感も薄れた。慣れたのだ。

それでもクレームの電話だけはいまだにドキッとする。最初の頃は、苛立ったお客さんの声を聞くだけで萎縮してしまい、横で聞き耳をたてていた早見先輩がすかさず代わってくれた。その対応を聞くうちに、自分でも受け答えができるようになっていった。

そんなことを思い出した。でも、私よりも二十歳も年上の三浦さんに「電話に出てください」とはさすがに言えない。

面倒見のよかった早見先輩は、三年前、店舗に異動してしまった。女性活躍によって誕生した新たな店長の中には、どうみても頼りない女性社員もいて、早見先輩はそのサポート役に選ばれた。本社で有能だった人は店舗でも有能なのだ。

ちらりと三浦さんを見る。

きっと彼みたいなベテラン社員は、店舗にいてこそ実力を発揮できると思う。けれど女性店長に取って代わられここに来た。自分よりもずっと年下の女性のもとで働くことなど彼のプライドが許さず、常連のお客さんも間違いなく降格人事だと思うだろう。

店長の役職を退いた元店長たちは、本社とセントラルキッチンに異動した。

そこから女性活躍の呪いが始まった。

私が所属する営業部は早見先輩を失い、代わりに三浦さんと中園さんという五十代の男性が加わった。早見先輩の仕事を引き継いだ私は、そのどれをも彼らに割り振ることができず、ただただ多忙な毎日を送っている。

中園さんは朝から店舗の巡回に出かけている。きっと三浦さんもそのうちに出かけるはずだ。

営業部員の仕事のひとつがエリア担当である。

二十店舗を超える「ファミリーグリル・シリウス」を地区ごとに受け持ち、本社との連絡をスムーズにし、店長をサポートする。

担当エリアは数年ごとに変更される。そうでないと担当店の店長と馴れ合い、客観的に店舗と関われなくなってしまうからだと営業部長は言う。

けれど営業部長は、本社からも近い神保町店をずっと担当している。わが社の記念すべき一号店であり、もっとも売上規模が大きい店だ。

たぶん馴れ合っている、と思う。誰も言わないけど。

三浦さんはモニターの陰に隠れるようにして、昨日の売上一覧を睨みつけている。気配を消すのがうまい。店舗ではいったいどんな店長だったのだろうか。その頃の上野店の売上は今と比べても悪くなかったはずだ。でも、きっとこうやって、店舗巡回に出るタイミングを計っているのだろう、とも思う。いつでもいい。本社にいても、彼に割り当てられた仕事はほとんどない。

三浦さんと中園さんのおかげで、私の担当する店舗数が減ったのはありがたかった。

この三年間で唯一よかったことといってもいい。

部長もさすがに見ていた。彼らでは早見先輩の代わりにはならない。早見の仕事を引き継げるのは、新田つぐみしかいない。だから、新田の担当店舗を減らして、彼らに任せよう。なんならエリアマネージャーの称号を与えてもいい。とにかく店舗のサポートをメイン業務にさせよう、と。

おかげで、私が担当する店舗は五店舗から三店舗に減った。それでもほとんど店舗に足を運ぶ時間がない。

ようやくメールをひとつ返信した。

メニューのデザインを依頼している業者さんからのメールだった。

デザイン案を送ってくれたのだが、文字のレイアウトがイメージと違っていた。相手が自信を持って送ってくれたデザインだったから、どうやって返信したらいいかと悩み、時間がかかり過ぎてしまった。タイパが悪い。ペースアップしなければと思う。

でも、メニューは必ず社長も見る。

季節ごとに変わるメニューのデザインまで、製作段階で社長に確認したりはしないが、気に入らなければ後で文句を言われる。社長の嫌う色やデザインをこっそり教えてくれたのも早見先輩だった。

さて、次のメールだと思った時、電話が鳴った。

ビクッと三浦さんの肩が跳ねた。でも、やっぱり受話器を取ろうとはしない。

いい歳をしてビクビクするなよ、と思いながら私が出る。受話器を握りながら、ベテランの三浦さんに対してそんなふうに思ってしまった自分を嫌な奴だなと思った。

営業の電話だった。設備部か購買部か迷い、今度も購買部に回した。

顔を上げると三浦さんがいなくなっていた。いよいよ担当店舗の巡回に出かけたようだ。

三浦さんの担当は、中央線沿線の九店舗と池袋店の合計十店舗。

中央線沿線は、かつて私が担当していた。

そこで明良と出会った。

立川店の瀬戸明良。年下の彼氏である。

明良のことを考えたら、頬が緩んだ。

どんなに仕事が忙しくても、明良も立川で頑張っていると思えば励みになる。

彼氏の存在は、いや、彼氏がいるという事実は、私に存在意義を与えてくれる。誰かに想われているというだけで自信が持て、充実した毎日を送っていると思うことができる。

でも最近、明良が素っ気ない。最近というか、ここ三ヵ月くらい。

付き合いはじめてから、もう五年になる。

私が三十歳になる年に、付き合おうと言ってくれたのは明良だった。

だから、何となく結婚を意識しないでもなかった。それなのに、ここに来ての失速。

もちろん付き合いはじめた頃の情熱がいつまでも続くとは思わないけれど、不安になる。


その夜、仕事を終えた私はコンビニに寄ってからマンションに帰った。

午後十一時。早いほうだ。

住まいは都営新宿線の森下駅が最寄りで、オオイヌ本社のある神保町からは乗り換えなしで帰れる。

社会人になってしばらくは、もっと千葉寄りのアパートに住んでいた。

でも、明良と付き合うようになってここに引っ越した。明良を呼べる部屋を意識して探したのだ。

冷蔵庫から缶ビールを出し「いただきます」と手を合わせる。

コンビニでは、サラダとおにぎりを買った。買うものはいつも同じだけど、おにぎりの具材とサラダの内容は気分によって変える。

今夜は明太子のおにぎりと海藻サラダ。毎晩帰りが遅いから質素だ。

本当はパスタやラーメン、時にはどんぶりなんかを食べたい。もちろんコンビニのだ。料理は好きだったけれど、忙しくなってからはめっきり自炊しなくなった。

本社は店舗と違って賄いがないから、残業をすればどうしたってお腹が空く。でも、パスタやラーメンは我慢する。この時間に食べたいものを食べれば、間違いなく太る。それは嫌だ。

ただしビールだけは許している。

だって、毎日頑張っている。

半分くらいはストレスとの戦いだけど、それも仕事のうちだと思っている。

食事を終え、シャワーを浴びようかと思ったけれど、やめた。

もうすぐ深夜十二時。明良からの電話の時間だ。

毎晩、十二時に明良は電話をくれる。時々、仕事の具合によって間に合わない時もあるけれど、お互いに帰宅して一息つく時間がだいたいこれくらいだからと、付き合いはじめた頃に私が決めた。

じゃあ、俺からかけるよと、言ったのは明良だ。

つぐみちゃんの声を毎晩聞きたいから。

嬉しかった。

それ以来ずっと十二時になると明良は電話をくれていた。

電話を待つ。

待ちつづける。

「ファミリーグリル・シリウス」の閉店時間は午後十時半。路面店ではお客さんが帰るまで閉店できないけれど、明良のいる立川店は駅ビルの中にあるから、十時半になるとレストランフロアの店舗はいっせいに閉店する。

電話がこない。

またか、と思う。

毎晩欠かさずくれた電話はめっきり回数が減り、今ではほとんどメッセージでのやりとりになった。それすらも途絶えがちだし、先月から会えてもいない。

でも、私から電話はかけない。

三年前、明良がいる立川店も女性店長に替わった。

明良は希望休を取りにくくなり、営業部もこの人事に伴って仕事の分担が変わり、お互いに忙しくなった。これまでのように休みを合わせてデートをする回数が減るどころか、会えない期間もしばらくあった。

それから、ようやく会えた時のことだ。

明良はいつものように優しかったけれど、以前の溌溂(はつらつ)とした雰囲気が陰り、ちょっと痩(や)せて疲れているように見えた。きっと忙しくて無理をしていたんだな、と思った。

そんなことがあったから、会えない時期が続くと今も不安になる。できる限り会って、声を聞いて、元気でいるのか、気持ちは変わらないのかを確かめたい。

会えないなら、せめて声を聞いて明良の様子を感じたかった。声の調子で、元気なのか、疲れているのか、喜んでいるのか、不機嫌なのかが伝わってくる。だってメッセージはいくらでも嘘がつける。相手に合わせて調子のいい返事をすることができる。だから、思い切って電話をしたのだ。声が聞きたかったし、会いたかった。

それなのに。

電話口で明良はため息をついた。

『かける時は俺からかけるって言ったのに』

喜んでくれるかな、なんて思っていた私は傷ついた。

きっとタイミングが悪かったのだろう。ちょうどすごく疲れているとか、嫌なことがあったとか、そういう時にかけてしまったのだ。明良は繊細なところがある。

「ごめん。えっと、また忙しくて、疲れているんじゃないかなって思って。何でも聞くよ。ほら、明良はあまり話してくれないから……」

何で私が謝っているのだろう、と思いながら、必死に機嫌を取ろうとしている自分がひどくみじめだった。思えば明良はあまり愚痴ったりしない。だから、何を考えているのかわからないところもあって、不安になる。

気まずくなって、もう一度謝ってから電話を切った。

しばらくして『さっきはごめん。なんか余裕がなくて』とメッセージが来た。

そっか、余裕がないのか。よくわからないけど、納得することにした。

それ以来、私から電話をするのが怖くなった。

だから、待つほうがいい。

メッセージすら届かない日は、私から「今日もおつかれさま、おやすみ」と送る。

何もしないよりは、これだけでもいいから、繋がっていたい。

午前一時まで待ち、シャワーを浴びてベッドに入った。

何もメッセージがないことをもう一度確かめ、今夜も「おつかれさま。おやすみ」と送信する。たいてい「おやすみ」と返ってくるのが、今夜はこない。きっと眠ってしまったのだろう。それだけでもあれば全然違うのにな、と思いながら、今日の、というか、すでに昨日の自分を振り返る。

ひたすらメールの返信。電話対応。三浦さんにイライラして、そんな自分にもイライラして、店舗からかかってきた問い合わせやトラブルの電話にも対応し、最後にお客さんからのクレームに謝罪した。

ほとんど実のある仕事をしていない。

おまけに明良からの連絡もない。全然、充実していない。
こんな夜こそ声を聞きたかったな、と思う。
布団をかぶり、もう一度スマホの画面に指を滑らせる。
面白そうな映画を探す。何でもいいから映画を探す。
こんな一日で終わらせないために。
明け方近い薄闇の中、エンドロールを見て小さな満足感を得る。
ふと、思う。
充実した日々っていったい何だろう。
仕事？　プライベート？　恋愛？　それともその他の何か？
私はずっとそれを探している。

第一話　寂しい夜の肉料理　仔羊のロースト

「では、最後に何か質問や意見はありますか」

進行役の営業部長の言葉が終わらないうちに、ピンッと手が挙がった。

会議室に集まったおよそ四十名の視線がその手に集まる。

部長も驚いたのか、マイク越しに息を呑む音がハッキリと聞こえた。私が本社に異動して九年。店舗側が発言することなど皆無だった。

月に一度の「ファミリーグリル・シリウス」業績検討会議である。

社長をはじめとする本社スタッフと、各店舗の店長の視線の先にいるのは、浅草雷門通り店の店長、南雲みもざだった。私の同期である。

部長が私に視線を送る。とっさに名前が出てこないのだろう。それぞれの前に置かれたプレートには店舗名しか記されていない。

「南雲店長です」と耳打ちしながら、忘れるなよ、と心の中で吐き捨てる。

「はい、では浅草雷門通り店、南雲店長」

バツの悪さを覆い隠すように威厳のある声で部長が指名する。

「二点ほど提案があるんですけど」

「提案？」

「株式会社オオイヌ」の現社長は創業者の息子で、完全なるトップダウン経営だ。店舗から意見が上がったことなどほとんどない。この場で手を挙げるのはかなりの勇気を要したはずで、みもざの顔はこわばっている。

ちょうど今日の会議で、営業部員が担当する店舗の一部変更が発表され、浅草雷門通り店は私の担当になった。だから他人ごとではない。

「私が浅草雷門通り店の店長になって三年になります。色々なお客様と接してきて、感じたことなんですけど……」

みもざはゆっくりと発言した。

「ひとつめは、アレルギーに考慮したメニューを開発してほしいということです」

半数以上の店長が頷いた。そのほとんどが、みもざと同じ女性店長だった。

確かに最近はアレルギーを持つお子さんが多い。私もこれまで担当した店舗の店長から、子ども用に手作り弁当を持参するお客さんが増えたという話を聞いたことがある。

スタッフを捕まえて執拗にアレルギー物質を確認したり、いくつかの食材を抜いてほしいと頼んだりするお客さんもいるという。重要なのはわかるが、ピーク時の店舗で対応するのが大変だと困っていた。そもそも「ファミリーグリル・シリウス」の料理は、ほぼすべてがセントラルキッチンで調理されていて、店舗では簡単な仕上げをしているに過ぎない。いくらお客さんに頼まれたからといって、店舗のキッチンで特定の素材を抜くことは難しい。

経営陣も営業部長も黙り込んでいる。必要性は感じていたとしても、何せ彼らは腰が重い。派手なことにはすぐ飛びつくくせに、こういうちょっとした店側の「やさしさ」みたいなアイディアはスルーする。

もう一本手が挙がった。

つねにトップの売上を誇る、神保町店の三上店長だった。

ホッとしたように営業部長がその名を呼ぶ。

しかし、三上店長の発言は、部長の期待するものとは違っていた。と、思う。

「僕からも要望します。現状、メニューに主要七品目のアレルギー表示はありますが、それでは対応できないほどアレルゲンは多い。とはいえ、主要七品目を除いたメニューがあれば、こちらとしてもおすすめしやすいのは確かです。そういうメニューを用意することで当社の姿勢を示し、アピールにも繋げられるのではないでしょうか」

私の横で桃井さんが小さく唸った。彼は営業部でメニュー開発を担当している。

三上店長は続けた。

「ここ数年はインバウンドの影響で、神保町店にも海外からのお客様が非常に多い。ヴィーガンやベジタリアン、ハラール食材。お客様からのご質問は多岐にわたり、対応にも苦労しています」

みもざが大きくうなずいた。浅草も場所柄、観光客が多い。同じような状況なのだろう。

「もうひとつの提案は？」

部長はみもざを促した。

「はい、これもメニューに関わることなのですが」

会議室中の視線が、三上店長からみもざに移る。

「ごちそう感のあるスープをメニューに加えてはいかがでしょうか。当社のメニューはどれも定番の洋食です。ハンバーグやドリアの種類は充実していますが、サイドメニューに選択肢が少なく、スープはコーンポタージュとオニオングラタンスープの二種類しかありません。私が提案したいのは、サイドではなく、パンと一緒にメインになるようなスープです」

あくまでもサイドメニューとして考案された「シリウス」のスープは、サイズも小さく、さほど注文数が多いわけでもない。メニューの賑やかしともいえる料理だった。

「お客様から要望でもあったのかね？」

みもざは小さく「いいえ」と言い、続く言葉に力を込めた。

「私の感覚です。『ファミリーグリル』の名前の通り、当店にはご家族連れのお客様が多くいらっしゃいます。海外からのお客様も例外ではありません。おじいさまやおばあさまにとっては、ハンバーグやドリアは少し重そうに感じます」

確かに一般的なファミレスには、定食やお蕎麦などもある。しかし、「シリウス」は洋食に特化している。

「ですからスープです。具だくさんで野菜もとれて、それだけで満足できるスープは、お子様から高齢のお客様、それに美容や健康を気遣うお客様にも喜ばれるのではないかと思います。つまり、新しい客層も取り込めるのではないでしょうか」

「なるほど。どうだい、三上店長」

部長は、再び三上店長に振った。このやり取りは会議の恒例だ。誰からの発言がなくても、たびたび部長は三上店長に意見を求める。

神保町店は「シリウス」の一号店で、本社からも近く、売上規模も最大。そして現在の店長たちの中で四十六歳の彼がもっともベテランとなれば、その発言には大いに説得力がある。

正直なところ、営業部長といえど本社の人間には、リアルな現場の状況などまったくわかっていないのだ。

三上店長は考え込んでいた。

多くの女性店長が、熱い視線で彼の横顔を見守っている。気づけば私もそのうちの一人になっていて、慌てて目を逸らす。

「いいかもしれません。僕の店は近隣の女性会社員のお客様も多いですし、必ず需要はあります。セントラルキッチンでしっかり仕込んでもらえれば、店にも負担なく、新たな客層に繋げられると思います」

毎回誠実に応えるのが三上店長だ。日々、店の状況やお客さんをよく見ているのがわかる。

どちらの件に関しても、出席している店長たちからは賛同があり、本社側も何かしらアクションを取らざるを得ない状況となった。

営業部長はさっそくプロジェクトを立ち上げ、桃井さんとセントラルキッチンの工場長をメンバーに指名した。私は自分がメニュー開発に関わっていなかったことにホッと胸を撫でおろす。これ以上、仕事が増えたらたまったものではない。

会議が終わると、出口へ向かうみもざを追いかけた。

「みもざ、久しぶり」

「つぐみ！」

お互いに両手を出し、小さくハイタッチする。同期は何よりも頼りになる大切な存在だ。学生時代よりも、社会に出てからのほうがそれを実感する。

「驚いた。つぐみが浅草のエリア担当なんだね。心強いよ」

「そう？　これまでの中園さんのほうがベテランだし、頼りになったでしょ」

中園さんは三年前まで中野店の店長だった人だ。

「う〜ん、でも事なかれ主義って感じで、ちょっと話しにくかったな」

みもざは周りを気にしながら声を落とす。

「この後、時間ある？」

お茶に誘うと、みもざはスマホで時間を確認した。

「三十分くらいなら」

店長会議は午前九時からおよそ二時間行われる。会議に出席した後でも、ランチタイムのピーク時には店舗での営業に加わることができるからと設定された時間だが、実際は貴重な休日を利用して出席している店長が多い。

店長がピーク時に間に合えば、なんて考えがそもそも甘い。

店舗はつねに人手不足だ。朝の立ち上げから出勤しなければ開店できない店も多い。

「これからお店に戻るの？　今日は出勤だったんだね」

「うん」

逆算すると店に到着するのは十二時頃。それまでの人員は確保できていることになる。しかし、みもざはため息を漏らした。

「本当は休みだったの。会議が終わったらそのまま出かけようって考えていたんだけど、今朝になって十二時入りのパートさんから子どもが熱を出したって連絡があったんだ。まぁ、店長だから仕方ないよね」

かわいそうになった。

「今日の休み、他の日に振り替えられるの？」

「どうだろ……」

ますますかわいそうになった。

「じゃあ、三十分だけでも思いっきり気分転換しようよ。お気に入りの喫茶店に連れて行ってあげる」

神保町にあるオオイヌの本社はそう広くない。大人数が集まる毎月の会議は、本社が入るビルに近い貸し会議室を借りている。

会議室のある建物を出ると、すぐ裏通りの喫茶店に向かった。神保町の飲食店は熱知していて、中でもここはお気に入りのひとつだった。午後になると狭い店内はいつも満席だが、午前中は空いていることも知っていた。

でも、最近はめっきり訪れることが減った。最近というか、ここ三年くらいだ。なかなか会社を抜けられない。けれど、もともと古い喫茶店は、たまに訪れても何ひとつ変わった感じがしないから安心できる。

みもざとは毎月の会議のたびに顔を合わせていたが、ゆっくり話をするのは久しぶりだった。

「さすが本社勤務。いいお店知っているね」

みもざは興味津々といった様子で店内を見回しながら、色あせたベルベット生地のソファに座った。

入社してから二、三年の間、私とみもざはよく休みを合わせて食事に行った。ファミレスとはいえ、せっかくレストランで働いているのだから、本場の味を食べ歩こうと、背伸びしてフレンチやイタリアンにも足を運んだ。

でも、年数を重ねるにつれてそれがなくなった。

お互いに任される仕事が増え、時代の変化で人手不足に拍車がかかり、お互いに異動したり、私に恋人ができたりして、何となく疎遠になってしまっていた。

「ケーキも美味しいよ。マスターの手作りなんだって」

「ホント？　じゃあ、私はレモンパイとアイスティー」

「私はホットコーヒー」

今は七月の半ばで外気温は三十三度を超えているが、会議室の冷房で冷えていた。一方のみもざは、興奮しているためか冷たい飲みものを頼んでいる。

「相変わらずつぐみは甘いもの、食べないの？」

「うん。根っからの辛党。みもざみたいにお店で動き回っていないしね。油断するとすぐに太っちゃう」

「つぐみなら大丈夫でしょ。新入社員の時と全然変わらないよ。もともと美容には気を遣っていたよね。私なんてメイクしたまま寝落ちなんてしょっちゅうだよ。最近は気をつけているけど」

みもざには内緒だったけれど、入社して一年も経たずに彼氏ができたせいもある。

そして、今も一応、いる。

話をしている間に、飲みものとレモンパイが運ばれてきた。

みもざは「いただきます」とさっそくフォークで切り分けたレモンパイを頬張る。

「美味しい！」

「よかった」

私は食べたことはないけれど、他のお客さんが美味しいと感激していた。

おっと、時間がない。せっかく会えたのだから話をしなければ。

「会議での発言には驚いたよ。これまで意見を言う人なんていなかったじゃない？　きっとみんなびっくりしたはずだよ」

「私だって緊張したよ。立ち上がった時、足が震えたもん。本当は今年の冬からずっと考えていたの。でも勇気がでなくて、やっと今日言えた」

「冬から？　じゃあ、今日は一大決心したわけだ。頑張ったね」

「言わなきゃ何も伝わらないから。それなのに、本社が何もしてくれないってストレスためるのもバカみたいでしょ」

三年前、みもざは店長になることに最後まで抵抗した。

営業部の隣で、人事を担当する総務の涌井さんが必死に説得していたのを私は聞いていた。でも、今のみもざはちゃんと店長をしている。同期として応援したいと思う。

「スープは、私もほしい」

「やっぱり？」

「うん。『シリウス』の料理は重すぎるって私も思っていた。だから、本社のすぐ近くに神保町店があっても、めったに行かない。まぁ、あそこはいつも忙しいから、遠慮して行かないっていうのもあるけど」

「私たちは賄いでその重い料理を食べているんだよ。うん、毎日は確かにキツイ。でも、閉店間際に来店して、ガッツリ食べていくお客さんいるよ。ステーキとドリアとか、チーズが載ったハンバーグにグラタンとか。まぁ、そういうお客さんがいないと、ウチのお店は成り立たないんだけどね」

お互いに笑う。

レモンパイを食べ終え、みもざがスマホを見た。

「ごめん、そろそろ行かなきゃ」

「もっとゆっくり話したかったね」

「うん。でも、これからはつぐみが担当だもの。たまには浅草にも来てよ」

「そうだね、行くよ」

これまでの担当店舗にも、一ヵ月に一度行ければいいほうだった。それに、仕事として訪れてもゆっくり話ができるわけではない。

かといって、昔のようにわざわざ休みを合わせて会うほどの関係でもない。

私たちには、それ以外に優先すべきことがある。そういう歳になった。

地下鉄の階段を駆け下りていくみもざを見送り、会議室に戻った。

会議の準備も私に割り当てられた仕事だ。片付けが待っている。

この会議室は長テーブルや椅子、プロジェクターとスクリーン、ホワイトボードなど、必要なものがひととおり備品として置かれているのがいい。それらも別にレンタルするとなると、さらに仕事が増える。ただし、使用後は元どおりに片付けなければならない。

会議室の利用時間はもう残り三十分を切っていた。

五センチヒールのパンプスを脱いで、本社のロッカーから持参したスリッパに履き替える。テーブルの片付けは力仕事だ。動きやすいほうがいい。だから私のロッカーには、ありとあらゆるものが置かれている。

その日は会議の議事録をまとめて終わりにする予定だった。

けれど、予定どおりにはいかなかった。「電話を一本受けると仕事が増える」と言ったのは早見先輩だったが、まさにそのとおりだった。

問い合わせにクレーム、営業の電話。担当部署に回せる内容ならいいが、そうでなければ受けた者が対応しなくてはならない。

立てつづけに電話が鳴る。三浦さんは店舗巡回の準備をあからさまに始めている。早見先輩からはツーコールまでに受話器を取るように叩き込まれていた。仕方なく手を伸ばす。いつも私は損をする。どうか何でもない電話でありますように。

ハズレだった。

受話器からは、『今日の昼間、吉祥寺店で食事をしたのだけど』と、興奮した女性の声が聞こえてくる。私は受話器を持つ手に力を籠め、右手でレポート用紙を引っ張り出した。とても小さなメモで足りる内容ではなさそうだ。

「大変申し訳ありませんでした」

まずは謝罪の姿勢を示し、相手の怒りを宥めて、どういう状況だったか聞き出さねばならない。

すっかりクレームにも慣れたとはいえ、直接怒りをぶつけられる苦しさはどうしても流すことができない。それでも淡々と内容を聞き出し、時に相手に同調し、親身になってお客さんの怒りを抑えていく。

怒りばかりぶつけられて、ひたすら謝らねばならない本社スタッフとは、なんて理不尽な立場なのだろう。店舗にいれば、リアルタイムでお客さんの不満を感じ取れたはずなのに、どうしてその段階でうまく収めることができなかったのか。

クレームを受けると、その日一日暗い気分になる。自分が悪いことをしたような気がして、落ち込んでしまうのだ。

だから余計に腹立たしい。次々に放たれる矢のようなお客さんのお叱りを受けながら、私の怒りは次第に店舗へと向かっていく。

ようやく受話器を置いたのは、電話を受けてから一時間近くも経っていた。

中には返金や訪問での謝罪を求めるお客さんもいるが、今夜の相手はただ自分が受けた仕打ちを本社の者にも聞いてほしかったようだ。

どっと疲れた。しばらく放心したように天井を眺める。

営業部には私のほかに誰もいない。

隣の総務部から、涌井部長が心配そうに私のほうを見ていた。

私は「いつものことですから」とへらっと笑ってパソコンに向かう。

クレームの電話を受けてしまえば、それを報告する義務が生ずる。

私の謝罪では済まない場合は、すぐに営業部長に報告。しかし、今回はそこまでのものではない。なので、通常どおり処理を行う。クレームを起こした店舗に連絡して状況を確認し、どのように対応したか聞き出す。そして、自分の電話対応もレポートにまとめて、「クレーム報告書」として本社スタッフと各店舗に発信するのだ。

時刻はまさにディナーのピークタイム。さすがにこの時間に店舗に連絡をするわけにはいかない。仕方なく、会議の議事録から先に取りかかることにする。

今夜はいったい何時に帰れるのだろうか。

早朝五時。七月の東京の日の出は四時半くらいだから、もうすっかり明るい。薄曇りだけど、空気には何日も前から不快な蒸し暑さが籠(こも)っている。

でも、走る。タッタッタ、とスニーカーがコンクリートをリズミカルに叩く。

ランニングウェアは持っていない。足元も普通のスニーカー。

早朝とはいえ真夏の日差しは強いから、日焼け防止のために薄手の長袖パーカーを着て、キャップも被る。全身真っ黒のコーディネートで走っている。

少し走っただけで汗びっしょりになった。

時々、握りしめているボトルのミネラルウォーターを飲む。

明良からの連絡が途絶えがちになってから、休みの日は走ることにしていた。

普段の起床時間は午前七時なのに、休日のほうが早く起きる。

帰りがどんなに遅くても、五時前に起きてマンションを出る。

朝から走ると、何だか充実感がある。

それに、久しぶりに明良に会った時に、太ったかも、なんて思われたくない。

だいたいコースは同じで、新大橋を渡ってから隅田川に出る。川岸は隅田川テラスといって整備されていて、景観もいいし走りやすい。上流に行くこともあれば下流に行くこともある。

でも、たいてい上流の両国あたりまで走って引き返す。そう長くは走らない。家を出てから一時間もせずに戻ってくる。それくらいがちょうどいい。

家に帰る頃には汗だくになっている。シャワーを浴びて、コーヒーを淹れる。

帰宅したら今朝もそうしようと思いながら走る。

走りながら、色々なことを考える。

その時間がわりと好きだ。

昨夜、クレームの報告をまとめ終わったのは午後十一時半だった。

状況を聞くためにかけた吉祥寺店への電話で、相手が渋った。

店長は休みだったようで、もう一人の社員が出た。本社からの電話をあからさまに迷惑扱いし、「今、手が離せない」と二回切られた。

私も昔は店舗にいたから、状況はわかる。店長が休みなら、社員は彼女一人。バイトをうまく動かさなければならない。もしもこの日のバイトが新人ばかりなら、怖くて目を離せない。もっとも、そんなシフトを店長も組まないだろうけど。

でも、クレームは起きた。それが要因かもしれない。クレームを受けてしまった以上、こちらも状況を聞き出さねばならない。なかったことにはできない。

何度も電話をする。だから本社スタッフは店舗スタッフに嫌われるんだよね、といつも思う。

ようやく相手と話せたのは、ラストオーダーとなる午後十時ちょっと前だった。

ここまで来ると、私も待ちくたびれたし、相手にも申し訳ない気持ちになる。

私は翌日が休みの予定だったから、何としてもその夜のうちに報告書を完成させなければならなかった。本社スタッフと各店舗に報告書を添付したメールを送り、帰った。メールの送り逃げ、みたいだなと思った。

帰宅したのは深夜一時に近かった。明良からの着信はなかった。

ツナマヨのおにぎりと、チキンサラダを食べた。疲れたのでタンパク質を摂りたかった。

明良が最後にこの部屋に来たのは、もう二カ月も前だ。

一人は寂しいな、と思いながら食事を終えた。

明良が来てくれた時は、もちろんこんな食事はしない。さすがに夜中に手料理はしんどいから、深夜営業のファミレスに行ったり、コンビニで好きなものを買ったりした。カロリーばかり高くて、たいしたものは食べていないのに、美味しくて、楽しかった。

明良は立川店が長く、西国分寺のアパートで一人暮らしをしている。

付き合いはじめた頃は、仕事の後もよく会った。たとえ終電になろうが構わなかった。会いたいと言えば会いにきてくれ、私が行くと言えば、わざわざ新宿駅まで迎えに来てくれることもあった。それぞれの家から仕事にも行った。それが楽しかった。

その頃の私は、中央線沿線の「シリウス」をいくつも担当していたけれど、そこに行くよりもずっと多く、明良のために中央線に乗った。

二人とも拘束時間の長い仕事をしているから、一緒にいるのは真夜中がほとんどだった。お互いの部屋で、夜食を食べながらよく話をした。とはいえ、明良はあまり自分のことを話さない。おっとりしていて、ちょっと弟っぽいところがかわいかった。だから、私は自分の話ばかりした。今日、本社で何があったか。どこの「シリウス」の誰がどうだったか。つまり愚痴ばかり。

どんなに腹が立っていても、明良が「大変だったね」と言ってくれれば、また明日も頑張ろうと思えた。同じ会社にいるから、事情をわかってくれるのが心地よかった。明良は私の支えだった。きついクレームを受けてへこんでいる時も、明良は言ってくれた。

「つぐみちゃんは悪くないのにね。でも、そうやって自分が悪いみたいに落ち込んで、傷ついているのに、ちゃんと報告書を作って、改善に役立てようとしている。すごいよね。俺といくつも変わらないのに、ベテランの店長たちを相手にして、本社で頑張っている。つぐみちゃんって、根性があってカッコいい」

本社で雑用みたいな仕事ばかりさせられていると思っていた私にとって、明良の言葉は何よりの救いだった。立川店に明良がいるから頑張ろう、とさえ思えた。

でも、それでちょっと調子に乗ってしまった。明良のことまで言ってしまったのだ。もっとしっかりしなよ、とか、男なら店長目指すくらいの野望は必要だよ、とか。今は会社全体が女性活躍を推しているとわかっていたのに。

そういうのがよくなかったのかもしれない、と思う。あの時、わずかに凍りついた明良の表情を思い出す。

毎晩のように行き来した情熱的な時期は過ぎ、それから毎晩十二時の電話になり、メッセージだけの夜が増えても、時々休みを合わせてデートをしていた時はまだよかった。

明良は私の休みを訊かなくなった。それまでは、新しい女性店長に気を遣いながらも、月に一度くらいは休みを合わせてくれていたというのに。

立川店の店長は、私よりも何年か先輩の仙北谷亜美さんという。明良も遠慮しているのだろう。もともとお姉さんが二人いる明良は、女性に従順なところがある。

休みのことは仕方ないと思いつつも、やはり不安になる。また疲れきっているのかもしれない。

でも、会えないのはもしかしたら忙しさだけが理由ではないかもしれない。

店には仙北谷店長だけでなく、アルバイトだってたくさんいる。愚痴ばかり言う年上の女よりも、かわいい子はいくらでもいるはずだ。

それでも私は明良が好きだ。傷ついている時に話を聞き、励ましてくれた。私の仕事を肯定してくれた。明良がいるから頑張ろうと思えるし、もっと会いたいと思う。

だから、もしも会えたら、もう愚痴らない。代わりに明良の話を聞いて、今度は私が元気づけてあげたい。そう思っているのに、全然会えない。

不安でたまらない。

だから、今朝も私は走っている。


数日後の夜の本社。今夜も残っているのは私一人だった。

オフィスは開けた空間で、各部署がそれぞれデスクごとに島のようになっている。照明が点いているのは私がいる営業部の上だけだった。

もう帰ろうと、すっかり冷房で冷えた肩をさすり、椅子から立つ。膝の関節がポキリと鳴る。静かな社内に高い音が大きく響き、ますます虚しさがこみ上げる。

電話が鳴った。

また電話だ。うんざりして時間を確認する。午後十時半。

本社はもう全員帰宅したことにして、そのままにしておこうか。

しかし、私は受話器に手を伸ばした。やはり無視はできない。クレームだったら嫌だなと思う。ディナータイムで起きたクレームなら、怒りに任せたお客さんが、時間も気にせずかけてくることもある。

「……お待たせしました。株式会社オオイヌでございます」

『おつかれさまです。浅草雷門通り店の南雲です。って、つぐみ？』

みもざだった。

「どうしたの、こんな時間に」

同期からだとわかり、とたんに口調が砕ける。「どうしたのってこともないか。店舗はやっと閉店の時間だもんね」

『よかったぁ。まだ残っていてくれて』

「私だけだよ。で、どうしたの？」

『パソコンの調子が悪くて、売上を報告できていないかもしれない。朝イチで届いていないと経理の人も困るでしょ。本社の人には状況を伝えておかなきゃと思って』

「わかった。パソコンの不具合は焦るね。発注とか勤怠の管理は大丈夫？」

言いながら、電源を落としたパソコンを起動する。メモで伝えるよりメールがいい。備品の不具合を担当する設備部にも共有しておく。

『発注は夕方済ませたし、勤怠はタイムカードもあるから大丈夫。ホント、閉店後のトラブルは困るよ』

でもトラブルが発覚するのって絶対に閉店後なんだよねぇと、みもざが笑った。

私も笑う。いつも帰ろうとすると電話がかかってくる。

「そういえば、先週の会議。ちゃんとランチタイムだけ働いて帰れた？　昼のパートさんの代わりだったんでしょ？」

『それが、結局閉店までいた。あの日は忙しくて、夜までずっとお客さんが切れなかったの。もう夏休みだもんね。まぁ、結果的にお店に行ってよかったよ。つぐみとレモンパイ食べておいて助かった。休憩も取れなかったもん』

「休日だったのに災難だったね。ちゃんと代わりの休みは取れたの？」

『うん。永倉さんが次の日に休ませてくれた。最近、シフトもよく見てくれていて、その日いたバイトに、明日も出られないかって頼んでくれたの。助かっちゃった』

「へぇ。いい同僚がいてよかったね」

そんなふうに助けてくれる同僚がいるなんて羨ましい。

『同僚っていっても、大先輩だけど。ほら、総務の涌井さん。同期なんだって』

ということは四十代。三浦さんよりずっと若い。関係ないけど比較してしまった。

『つぐみも遅くまで大変だね。本社の人って、もっと早く帰れるんだと思っていた』

「営業はいつも遅くまで残っている。その中でもだいたい私が最後。若手だからって色々押しつけられちゃう。今夜もさっきまでクレーム対応していたの。最近、クレームが増えたよね。ものすごく多い。みもざのお店はないけど。そのたびに報告書だよ。お店にもよく届いているでしょ。書くたびに、これって何の役に立つんだろうって思っちゃう」

『そうなんだ。でも、本社から送られてくるクレーム事例、私はかなり参考にしているよ』

「そう？　他店のクレームなんて、ちゃんと読む？」

『読むよ。ああ、これやっちゃダメなことなんだとか。もちろん、明らかにダメなことやっちゃっている場合は、情けなくて笑っちゃう。どういうふうに対応したかは勉強になるし。何よりも、自分の店では絶対にクレームを出さないようにしようって思える』

クレーム報告書には発生店舗が明記される。さらし者だ。クレーム内容によっては、当日のシフトまで調べて問題のあるスタッフに注意をする。

でも、みもざの言葉に救われた。ちゃんと役に立っているのだ。この時間だからか、よけいに沁みる。

「ありがとう。報告書を作っているのはほとんど私だから」

お客様窓口になっているのは営業部の電話番号で、それに出るのはほぼ私だ。

『そうなんだ。でも、ホント色んなケースがあって面白い。あれ、まとめて一冊の本になったら、私、買ってでも読む』

お互いに笑った。みもざも一日の仕事が終わり、気が緩んでいるようだった。

だから、無意識に口をついた。

「ああ、お腹空いたぁ」

『私もお腹空いた』

今夜のおにぎりの具材は何にしよう。疲れた。いっそ、唐揚げ入りのおにぎりにしようか。そんなことを考えていた時だった。

『ねぇ、つぐみ。今からゴハン、行かない？』

突拍子もない提案に思わず「は？」と返した。

「もうこんな時間だよ。ウチの店だって閉店じゃない」

みもざは力強く『大丈夫』と答える。

『私、すごく素敵なお店を知っているの。しかも水道橋。ほら、本社からも近いでしょ？　この前、素敵な喫茶店を教えてくれたお礼』

「さすがにこの時間だよ？」

『大丈夫。つぐみは明日も仕事？』

「休みだけど……」

休みだから、早起きして走らなければいけない。朝から色々と予定を詰めている。美容室の予約に、ミュージカルのチケットも買ってある。推しは特にいないけれど、とりあえず買った。明良と会わない休日は、そうやって無理やり充実した一日にしている。

でも、やっぱり一人は寂しい。特に夜は応える。今夜も電話もメッセージもない予感がある。それなら、と思った。

「行く。みもざのお気に入りのお店、気になる。もっと話もしたいし、お腹空いた」

『よかった。私も明日休めるの。えっと、今から店を出ても水道橋まで三十分ちょっとかかるけど、平気？』

「もちろん。ここからなら一駅だし、歩いちゃおうかな。そしたらちょうどいいかも」

急に予定が決まった。明良と仲が良かった時みたいだ。

とたんに気持ちが明るくなる。私は洗面所に行き、鏡を見ながらファンデーションを叩き込んだ。リップも軽く塗る。こんなふうにするのも久しぶりだった。

待ち合わせのJR水道橋駅の東口を目指して、神保町から白山通りをまっすぐ進む。

夜遅いとはいえ東京の七月は暑かった。

冷えた体に熱気が心地よいと感じたのはほんの最初だけで、すぐに背中が汗ばんでくる。一駅でも地下鉄を使えばよかったと思ったが、冷たいビールが待っていると自分を励ました。どんな店か知らないが、ビールくらいあるだろう。

私が到着するのと、みもざが改札から出てくるのはほとんど同時だった。

通りの向こうには大きなホテルがそびえ立ち、遊園地のアトラクションが黒いシルエットとなっている。私を日々苦しめている職場のすぐ近くに、こんな楽しいスポットがあるのがやけにシュールだった。

「ああ、東京ドームシティかぁ。久しぶりだなぁ」

「久しぶりって、デート？　それとも野球とかライブ？」

「違う、違う。何年か前、やっぱりクレームの電話につかまって、終電を逃したの。それでそこのスパに泊まった。ネットカフェは嫌だし、ビジネスホテルよりも広いお風呂でサッパリしたいなって。翌日はそこから出勤した」

「なんだ、仕事か。だったら、これから行くお店はぴったりかも」

みもざは白山通りを渡り、ビルの間の細い道を進んでいく。どんどん賑やかな場所から遠ざかり、両側はマンションとオフィスビルばかりになる。本当にこんな場所にお店があるのかと疑いはじめた時だった。

坂を上り切ったあたりに淡い明かりが浮かんでいる。まるで行燈のようなシンプルな看板には、「キッチン常夜灯」という文字が黒い影絵みたいに浮かんでいた。

「洋食屋さん？」

「ビストロ。城崎シェフも、ソムリエの堤さんもすっごく素敵で、お料理も最高。私、大変な時期にここで救われたんだ」

入口を見つめるみもざの瞳が輝いていた。通りに沿った窓にはステンドグラスが嵌められ、店内の光を緑や赤に変えて夜に零している。

「……きれいだね」

「絶対につぐみも気に入るよ」

みもざが重厚な木製のドアを開ける。カランカランとドアベルが鳴り、店内から溢れてきた心地よい冷気にすっと汗が引いていく。バターとワインを煮詰めたような濃厚な香りも漂ってきて、刺激されたお腹がぐううう、と鳴った。

通路を照らすのは、飾り棚に置かれたアンティーク調のランプのみ。艶々と磨き込まれた床板をやわらかく照らしている。

「いらっしゃいませ」

通路の奥から明るい声がして、ころっとした小柄な女性が満面の笑みで迎えてくれた。

「あらっ、みもざちゃん。いらっしゃい」

「こんばんは、堤さん。今夜は二人です。カウンター空いていますか？」

「ついさっき真ん中が空いたわ。ナイスタイミング」

みもざが素敵だと言っていたスタッフだ。彼女に導かれて薄暗い通路を進む。進むにつれて美味しそうな香りは濃厚になり、期待が高まっていく。

突き当りを曲がると、急に視界が明るくなり、目の前に長いカウンターが現れた。

「いらっしゃいませ」

今度は物静かな声。カウンターの中で、白いコックコートの男性が微笑んだ。

「シェフ、すっかりご無沙汰してしまいました。今夜は同期も一緒です」

「みもざさんの同期。ということは、『ファミリーグリル・シリウス』の」

みもざがすっかりこの素敵なお店の常連だとわかる。

「あっ、はい。新田つぐみといいます。同期といっても、私は本社勤務なのですが」

「そうですか。ようこそいらっしゃいました」

みもざに城崎シェフと堤さんを紹介され、私たちはカウンターの中央に座った。ちょうど厨房を見渡すことができる席だ。八席あるカウンター席はこれで満席となった。背後には先ほど見えたステンドグラスの窓に沿ってテーブル席がふたつ。こぢんまりと落ち着きのある店だ。

「みもざちゃん」

声のほうを見ると、カウンターの奥に座っていた髪の長い女性が手を振っていた。

「あ、奈々子さん」

どうやら知り合いらしいが、私たちの両隣にはお客さんがいて、移動はできそうもない。

みもざも久しぶりに来たようだし、何とかならないだろうかと、やきもきする私に気づいたみもざが微笑む。

「大丈夫。この時間帯が一番混み合うの。たまたま席が空いていれば隣に座るし、そうでなければ空いている席に座る。ここのお客さんはみんな自分のペースで過ごしているから」

なるほどと思った。一人でふらりと訪れ、いつしか顔見知りになる。中には親しくなる常連客もいるに違いない。お互いに自分のペースで好きなものを飲み、食べ、気ままに過ごせるお店。居心地がよさそう。

「どうする？　暑かったよね。私はビール」

みもざが堤さんを呼び、私も同じものを注文する。堤さんが運んできたのは、スマートなグラスに入ったビールだった。さすがにこのお店にジョッキは似合わない。

「乾杯！」

私たちは軽くグラスを合わせた。

よく冷えたグラスときめ細かな泡の感触が心地よく、一気に半分ほど飲んでしまう。サーバーのメンテナンスが行き届いていなくては、こんなに美味しいビールは注げない。

人心地つき、顔を上げて店内を眺めた。どのお客さんも満ち足りた表情で食事や会話を楽しんでいる。

「ね？　同業者から見るとこのお店の良さがハッキリわかるでしょう？　ここは、何もかもが最高なの」

みもざの言葉に頷く。

「お料理もどれも美味しいんだよ」

促されて壁に掲げられた黒板を見れば、シェフのスペシャリテでびっしりと埋め尽くされていた。メニューを読み、想像を膨らませるだけでも楽しくなる。

みもざは視線を黒板からカウンターの奥へと移した。先ほどの女性が自分のお皿を示して頷いている。

「シェフ、奈々子さんと同じもの、お願いします」

驚いた。何を食べているかも確かめずに注文するなんて。みもざは、よほどこの店の料理を信頼しているのだ。

「アナゴのエスカベーシュですね。かしこまりました」

「あとはシャルキュトリー盛り合わせも。つぐみとシェアします」

「リエット、多めにしましょうか」

「お願いします」

みもざが嬉しそうに頷く。

「シェフのリエットもパテも美味しいの。次はワインにしよう。やっぱりよく冷えた白がいいよね」

みもざの表情は、会議で会った時とは別人のようだ。ここにいるのは、浅草雷門通り店の店長ではなかった。初めて出会った頃はこんな感じだった気がする。

「シャルキュトリーならワインだね。久しぶりだなぁ。家でもビールばかりだもの」

「やっぱり飲むんだ」

みもざが笑った。その間に、堤さんはもう白ワインを用意している。

「お待たせしました」

シェフがカウンターに大きな皿を置いた。

運ばれてきたシャルキュトリーに目を見張る。大皿の上がまるで桃色の大輪のバラのようになっている。二人分にしてはやけに量が多くないだろうか。

おにぎりとサラダだったはずが、今夜の夜食がすごいことになっている。

でも、いいかと思う。せっかくの夜を楽しみたい。そして明日は走る。少し長めに。

「つぐみ、驚いたでしょう。でもね、ワインを飲んでいると、いつの間にかお皿が空っぽになっているの。いったいどこに消えちゃったのかなって思っちゃう」

「全部みもざちゃんのお腹の中よ」

取り皿を置きながら堤さんが笑った。

このお店のアットホームな居心地のよさに、いつの間にか完全にリラックスしていた。

「時計回りに、生ハム、サラミ、ジャンボンブラン、豚のリエットとパテ・ド・カンパーニュです。コルニッションも一緒にどうぞ」

コルニッションとは、小さなキュウリのピクルスのことらしい。添えられたココットにはたっぷりの粒マスタード、別皿にはこれまたたっぷりの薄切りバゲット。

「すごい量ね」

私が驚いている間にも、みもざはリエットをバゲットに載せている。食べるのかと思ったら「はい」と私に差し出した。

ありがたく受け取り、大きな口で頬張った。こんもり盛られたリエットの下でカリッと香ばしいバゲットが砕ける。リエットはやわらかく、粗く残った肉の繊維っぽい食感がいい。なめらかさだけでなく、しっかりと肉の旨みを感じることができる。

しばらく無言で口の中いっぱいに広がったリエットの美味しさを味わう。

我に返ったのは、リエットを飲みこみ、さらにワインでその余韻を楽しんでいた時だった。みもざとシェフが私の顔を心配そうに見守っていた。

「美味しいです」

「よかった……」

慌てて感想を言うと、みもざは相好を崩し、シェフの目元が緩む。堤さんは相変わらずにこにこと微笑んでいた。

生ハムは口の中でとろけてなくなった。ジャンボンブランには粒マスタードをちょっぴりつけて頬張る。しっかりした弾力と、粒マスタードの酸味と混じり合った塩気がたまらずに、気づけばワインのグラスに手が伸びている。

ふっくらとしたアナゴのエスカベーシュも食べる。マリネされたタマネギやニンジン、ピーマンもシャキシャキとして、甘酸っぱさが食欲をそそる美味しさだった。

私とみもざはそろってワインをおかわりした。

堤さんが笑いながら私たちの前にボトルを置く。

「こうなるんじゃないかと思っていたのよ。これ、みもざちゃんたちのワインよ」

「さすが堤さん。最初からボトルで注文すればよかったって後悔しかけていました」

すっかり酔いが回ったのか、頭がふわふわとして心地よかった。

おかしい。私はどれだけ飲んでもめったに酔わない。

いや、このところずっと睡眠不足が続いていた。不足とは思っていなかったけれど、毎晩三時間くらいしか眠っていない。眠るよりも何かしなければ。そう思って、昨夜は爪のお手入れをした後、外国の古い映画を見た。

いつの間にかボトルが空いていた。みもざのペースも早い。

こんなに飲む子だったかなと思ったけれど、きっとみもざも飲みたい気分だったのだ。

口にはしないけれど、忙しい浅草の店舗で店長を務めるみもざも色々とため込んでいるに違いない。それに、こんな美味しい料理を出されたら飲まずにいられない。

「ありがとうございました」

グラスに残ったワインを飲み干した時、お客さんを見送る堤さんの声がした。

みもざの横に座っていた男性客が会計を終えて帰っていく。

待っていましたとばかりに、奥にいた女性が移ってきた。彼女の食べていた料理は、カウンターの中からシェフがこちらに運んでくれている。具だくさんの魚介煮込みだ。

「美味しそう！」

お皿から飛び出すほど大きな海老やイカ、ムール貝。アサリもたっぷり入っている。

「ブイヤベースですか？」

「バスク風の魚介煮込みです。お魚は真鯛を使いました。プロヴァンス風のブイヤベースとは違って、ピマン・デスペレットという赤トウガラシとパプリカを一緒に煮込みます。あと、魚介だけではなく生ハムや豚の脂からもいい味が出るんですよ」

シェフが丁寧に説明してくれる。

「つぐみ、こちらは熊坂奈々子さん。私よりも前からここの常連さんなの」

どこかはかなげな雰囲気があるけれど、私をまっすぐに見つめる瞳には芯の通った強さがある。直感的に気が合いそうだと思った。

「こんばんは」

「はじめまして。新田つぐみです。部署は違いますが、みもざと同じ会社で働いています」

「ここ、初めてなのね。だったら、シェフのスープもおすすめよ。元気が出るから」

奈々子さんは私を見つめて微笑んだ。

「スープですか？」

私の横でみもざが「あ」と声をあげる。「そうだ、まずはスープだった！　シェフ、今夜のスープは何ですか？」

「ニンニクのスープをご用意しています。明日もお仕事ですか？」

「ニンニク？　わぁ。初めて。私もつぐみもお休みです！」

「では、心配いりませんね」

シェフは口元に笑みを浮かべ、調理台に向かった。みもざは期待に満ちたまなざしをその背中に送っている。

大皿にはまだ半分ほどシャルキュトリーが残っていた。私たちはそれをつまみ、ワインを飲んでスープを待った。みもざは奈々子さんと他愛のない話をし、私もそれに耳を傾ける。

心地よい空間だった。何とはいえない美味しそうなにおいが漂っていて、ほどよく効いた店内の冷房と、カウンター越しに感じる厨房のオーブンや鍋の温もり。お客さんたちの話し声やカトラリーがお皿に触れる音。それらに包まれていると、すっかり日常を忘れてしまいそうになる。仕事のことも、明良のことも忘れて、ずっとここにいたいとすら思ってしまう。

みもざは「今日も忙しかったぁ」と明るく笑っていた。やり遂げたという達成感が伝わってくる。でも、本社の仕事にはそれがない。ただ雑務に追われるだけの日常が続いていく。

「お待たせいたしました。ニンニクのスープです」

私たちの前に湯気を上げるスープ皿が置かれた。

想像していたものと違った。いや、ニンニクのスープなんて想像もつかなかったのだけど、なんとなくこういう感じかな、と予想はしていたのだ。

見た目はかきたま汁。でも、ふんわりと浮かんだ玉子はびっくりするほど繊細だ。そして香り。確かにニンニクなのだが、焼き肉屋さんやラーメン屋さんのニンニク臭とはまったく違う。もっとこう、豊潤で甘い香りだ。

「いただきます！」

みもざがスプーンを握った。促されるように私もスプーンを取り、そっとスープに差し入れた。軽くまぜて表面を覆う玉子をよけるとさらに香りが強くなる。スープ皿の底でスプーンに触れたのは、かなり大ぶりなニンニクだった。いくつもゴロゴロしている。少し、ひるんだ。

ニンニクをスプーンに載せ、恐る恐る口に入れた。やわらかく、ホクホクととろけて、口いっぱいに甘みが広がる。ニンニクではないみたいだ。でも、最後にほわっと鼻にぬけた香りはやっぱりニンニクだった。

みもざは私に顔を向けて、「美味しいでしょ、シェフのスープ」と微笑んだ。

「うん。すごく美味しい」

もう一度差し入れたスプーンが、今度は底に沈んでいたバゲットを探り当てた。すっかりふやけ、たっぷりとスープを含んでいる。口に入れると、あっという間にとろけてなくなってしまった。

「美味しいです。こんなスープ、初めて食べました」

私は顔を上げて、今度はシェフに言った。

「ありがとうございます。ニンニクは軽く潰して、スープでじっくり煮込みました。バゲットはクルトンのようにしっかりと焼いてから熱々のスープを注ぎます。やわらかくなったバゲットとたっぷりの玉子、一皿で満たされる栄養満点のスープです」

「本当。これだけでお腹がいっぱいになってしまいそう」

「そこが店にとってちょっと難点です。でも、お客様に喜んでいただけて何よりです」

シェフははにかむように口元で笑う。照れ屋なのかもしれない。

それから、じっと私の顔を見つめた。

「よかった。だいぶ顔色が良くなりました」

「えっ」

空になったシャルキュトリーの皿を下げながら、堤さんも頷いた。

「ここにいらっしゃるお客様は、たいていが忙しい方なの。きっとつぐみさんも遅くまで仕事をしていたんでしょう？　この時期、外は暑いし、建物の中は冷房で寒いし、気づかなくても体にはかなり負担になっているのよね。おまけに寝不足気味かしら？」

「あ……」

図星である。ファンデーションを塗り直しても隠せない目元のくすみがいつも気になっていた。これが三十代なのかと諦めかけてもいた。

「毎年、夏になるとこのスープを用意します。疲れた時、体を休めたい時、二日酔いの時にもいいんですよ。ニンニクのスープ『アイゴ・ブリード』は、南フランスに広く伝わる家庭料理です。家庭料理ですから、ハーブを効かせたり、玉子もそのまま落としたりと様々ですが、家族の体を労わるスープということだけは共通です」

家庭料理。だからこんなに優しい味わいなのかもしれない。

「ニンニクが体にいいというのは、どこも一緒なんですね」

「ええ。ニンニクは体を温めて血行を良くし、内臓の働きを高めてくれます。なによりも温かいスープを食べると、ほっと力が抜けるでしょう」

まさにそのとおりだった。暑い時期、私はわざわざ熱いものを食べない。帰宅したら、まずは冷えたビールだった。疲れ切った体の隅々にまで優しいスープが沁みわたる。そこだけ冷たかった指先にも温かな血が巡っていく。

みもざの向こうから、奈々子さんが少し身を乗り出した。

「シェフは日替わりで違うスープを用意してくれるの。それが楽しみで通ってくるお客さんも多いのよ。美味しくて、体も心も温かくなって、一日の疲れとか、しんどさがすうっと消えていく。私、シェフのスープに何度も救われたの」

「奈々子さんが食べていたスープがあまりにも美味しそうで、私も同じものを頼んでから、すっかりシェフのスープのとりこになっちゃった」

みもざの表情がやっぱり会議の時とは全然違う。生き生きと輝いている。もっとも会議ではどの店長も緊張していて、堂々としているのは神保町店の三上店長くらいだ。

そこでハッと気づく。

「だから、会議でスープメニューを提案したの？」

「うん」

「スープメニュー？」

新しいワインを持ってきた堤さんが興味を示した。

「シェフの前で言うのも恥ずかしいんですけど、『シリウス』のメニューにも満足感のあるスープが欲しくて、先週の会議で提案したんです」

「そうなんです。みもざったら、すごいんですよ。会議は売上を厳しく評価するので、どこの店長もみんな緊張しています。発言するのは経営陣のみ。出席した店長たちはたとえ反論があっても声をあげられる雰囲気ではありません」

「やめてよ、つぐみ」

「すごいじゃない」

堤さんが拍手をし、シェフも頷いている。

みもざは照れたように残っているスープをスプーンでぐるぐるとかき混ぜた。

「このスープ、バゲットも入っていて、日本でいえば雑炊みたいですよね。こういう優しくて、しっかり満足感のあるスープは世代を問わず喜ばれると思います。『シリウス』にもこういう料理があったらいいなって。食べた人に元気になってもらえる料理って、素晴らしいですよね」

「……みもざ、会議で会った時、何だか変わったなと思ったの。このお店のせいかな」

「変わった？」

みもざはキョトンと私を見た。

「積極的になったし、表情が明るくなった。何て言うのかな、目が輝いている」

店長になってからのみもざは、いつも必死な顔をしていた。疲れているのに、店長だからしっかりしなきゃと無理しているようで、そのくせ、荷が重いからと逃げたくてたまらないようだった。

みもざは顔を上げてゆっくりと店内を見回した。

「少し前までは毎日が必死で、メニューのことまで考えている余裕なかったなぁ。そもそも、メニューは本社が決めてお店は従うだけって思っていたし。全部が受け身だった。店長という立場も、浅草店も、自分のものっていう感覚がなかった。そのくせ、不満ばっかり湧いてきて、ずっと一人で戦っている気になっていた。よくわからないものと戦っていたんだよね……」

私と同じかもしれない。入社しておよそ三年を神保町店で過ごし、それから本社に異動した。自分で希望したわけではない。そういうものだと思ったし、本社にもいつの間にか馴染(なじ)んでいた。

こんなに本社の仕事に不満を感じるようになったのは、社長が「女性活躍」と言い出した頃からだ。営業部の女性は私だけで、「活躍」というより「呪い」をかけられた。仕事にがんじがらめにされた。同じ頃、みもざは店長になったのだ。

「店長なんてたいそうな『鎧(よろい)』を着せられて、荷が重いって思っていたけど、実際に着ていたのは、保守的な自分の『鎧』だった。その脱ぎ方を教えてくれたのが、『常夜灯』なの。気持ちがずっと軽くなった。何も役職がなかった頃、純粋にお客さんと接して楽しかった気持ちを思い出したんだよ。もともと、人に喜んでもらうのが好きだから飲食店で働こうって思ったわけだし」

忘れていた。私も採用面接の時にそんなことを言った。「お客様と接し、お食事を楽しむ姿を見ることを、なによりの喜びとして頑張りたいと思います！」と、今思えば恥ずかしいようなことを、元気いっぱいに言った。もっとも、飲食業界の中ではマイナーなオオイヌなら、絶対に不採用にはならないだろうな、とも思ったけれど。

「だから、今はやりがいを感じる。店長なんだから、もっとお客さんに喜んでもらえるお店にしたい」

「お客様の喜びを直に感じ取れるのが、この仕事のよさです」

シェフは時々会話に加わる。そのタイミングがいい。それがこの店の居心地のよさに繋(つな)がっている。中にはお客さんとの線引きをきちんとしていて、ちょっと堅苦しい店もある。どちらが好きかは好みにもよるだろうけど、私はこういう店のほうが好きだ。

「お腹は？　そろそろメインはいかがですか」

「おすすめは何ですか」

「今日はいい仔羊が入っています。たっぷりのラタトゥイユを添えたローストはいかがですか」

「仔羊いただきます」

「ラタトゥイユ添えなんて、夏らしくていいですね」

「私もお願いします」

奈々子さんまで手を挙げる。

「かしこまりました」

シェフはにこっと笑うと、すぐに調理に取りかかった。

その頃には奈々子さんともすっかり打ち解けて、三人で他愛のない話に花が咲く。同世代の相手とこんなふうに盛り上がるのは久しぶりだった。ワインもいつの間にか赤ワインに変わっている。

時計を見ると午前一時を過ぎていた。店の客は出ていったり、新しく入ってきたりと、終電後のこの時間でも、私たちだけになることがないのが不思議だった。

しかし、それもそうだという気がしてくる。たいていの飲食店は終電前には閉店となるが、あれだけ多くの人が都心で働いているのだ。中には夜中まで働いている人もいるし、夜勤の人だっている。だとしたら、飲食店がほとんど昼型のお客さんに合わせた営業時間なのも不思議だと思う。

「このお店、行き場のない人たちを掬い取ってくれているみたい」

「そう、まさに『常夜灯』なんだよ」

みもざは今年の冬に火事に遭い、しばらく会社の倉庫に身を寄せたそうだ。その時にここを知って、励まされたのだと話してくれた。

そういえば「オオイヌ」は文京区本郷に倉庫を持っている。総務の涌井さんがすべて対応したため、そんなことになっていたとは知らなかった。一時的にとはいえ社員を倉庫に住まわせたのだから、関係部署以外には内密だったのかもしれない。

「それでみもざは店長として目覚めたのね。で、最終的にどうなりたいの？　だって、会議での発言はかなりインパクトあったよ。たとえばさ、本社に来て、社員教育とか、イベントやフェアの企画とか」

三十代。色々と考える歳だ。入社した時よりも同性の同期はずっと少なくなった。

「本社は選択肢にないなぁ。ずっとお店がいい。ただ、『シリウス』はチェーン店で、好き勝手できないことはわかっている。だから今の目標は、もっと大きなものを目指すこと」

「大きなもの？」

「神保町店の店長、なんてね」

「神保町店？」

驚いた。確かに大きい。

「あそこはホント一日中忙しいよ。そもそもハコの大きさが違う。席数は浅草よりもずっと多いし。スタッフも多いから、管理するのも大変だと思う」

「つぐみは神保町店にいたんだもんね。三上店長って、つくづくすごいよね」

「女性活躍の追い風に乗って、みもざなら頑張ればなれるかもよ。でも、もしもそうなったら、三上店長はどうなるんだろう」

「本社じゃない？　ゆくゆくは営業部長とか」

「本社かぁ。三上店長なら、本社に来てもしっかり仕事してくれるかな」

電話が鳴ったとたんに席を立つ三浦さんの顔が頭に浮かんだ。

「ああ、でも、三年前から、そのせいで私は散々な目にあっているんだった……」

「どうして？　本社の人員も増えて、仕事が減ったんじゃないの？」

「逆だよ、逆。頼りになった先輩がお店に異動して、仕事を覚える気のないオジサンが増えた。先輩の仕事は私に回ってきて、おまけにクレームまで急に増えた。まぁ、十店舗以上の店長が同じタイミングでいっせいに替わったせいかもしれないけど、とにかくこの三年くらいクレーム対応に必死だよ」

「そうなんだ」

「女性活躍って何なんだろう。結局は社長の対外的なアピールだもんね。確かにそれまで店長は男の人ばっかりだったけど、社員の割合的に上の世代は圧倒的に男の人が多いんだから当然じゃない。でもさ、お店ではベテランだったはずの元店長たち、本社ではサッパリなんだよ。電話も出ない、会議の準備も手伝わない。気が利くのがサービスマンなんじゃないの？　接客はコミュニケーション力も必須でしょ？　今まで、何をやってきたんだろうって思っちゃう」

愚痴になると早口になる。ふと思う。ああ、たぶん、私はいつもこんなふうに明良に愚痴っていた。

「……だから、私の愚痴も増えたの。ストレスがどうしようもなく溜まるの。本当はさ、彼氏の前でこんな話ばっかりするの嫌じゃん。でも、止まらなかったんだよね」

いつも真夜中。お互いの仕事が終わり、どんなに疲れていても、会うことで癒されていた。でも、私のストレスが積み重なっていくにつれて、二人で過ごす時間は穏やかなものだけではなくなっていた。

明良だってきっと大変だったはずだ。仙北谷店長に替わって、仕事がやりづらくなったと聞いていたのに。疲れ切った体で会いに来てくれた明良に、私は自分のことばかり話していた。

「彼氏って、社内だったよね」

「うん。今は前みたいに頻繁に会う感じじゃなくなっちゃった。私にとってウチの会社の女性活躍は『呪い』。それですべてがうまくいかなくなった気がする」

「呪いかぁ。私も最初は呪いにかかってたな。今もかかっている女性店長も多いと思うよ。どうしたって向き、不向きはあるもの。人の上に立つのって、結構しんどいから。私はそれができなくて、いつも下手に出てた。でも、それがよかったみたい。みんなが協力してくれて、いいチームになれた。結局はさ、呪いは自分で解くしかない。自分でしか、解けない」

やっぱり、最後は自分か、と思う。明良に寄りかかりすぎていた。彼女だから、寄りかかっていいと思っていた。明良を勝手に頼もしい存在だと決めつけていた。男だから？　たぶんそう。

「結局は自分か。そうだね。自分がしっかりしていないとね」

仕事は誰も助けてくれないし、明良ともこのままよりが戻らないかもしれない。

そうしたらやっぱり一人だ。自分で頑張らないといけない。

肉。

そう思った。おにぎりとサラダの場合じゃない。

肉だ。力をつけなくては。何があっても、一人で頑張れるように。

「ありがとう、みもざ。何だか、ちょっとスッキリした」

「え？　私、何もしていないよ」

「こうやって、誰かと話をするのが必要だったみたい。愚痴だけじゃなく」

「それはやっぱり職場を離れたからでしょう。ここでなら、何の気兼ねもない」

呪いを解いたみもざは、自分の心を解放する方法も知っているようだった。

ふわりと美味しそうな香りが漂ってきた。脂の焼ける甘く香ばしいにおいだ。私たちの仔羊のローストに違いない。

ストレスはためない。くよくよしない。今は美味しい料理に集中する。

そう思うと吹っ切れた。

「仔羊のローストです。緑のソースはバジルのソース、ピストゥです。ラタトゥイユとご一緒にどうぞ」

「きれいな色ですね」

仔羊肉の絶妙な火の入り具合に感嘆する。中心は鮮やかなバラ色だ。でも、周りの脂は香ばしく焼けている。ナイフを押し返す弾力は心地よく、しかし口に入れるとやわらかい。噛むたびに溢れてくる肉の旨みは、まさに命の糧を得ているような思いがする。

そしてたっぷりのラタトゥイユ。トマト、パプリカ、ナス、ズッキーニにタマネギ、それらはどれも大ぶりで、やわらかいのにしっかりと野菜を食べている感覚がある。体は肉を欲していても、やはり野菜があると安心する。

横にはみもざがいる。奈々子さんもいる。二人とも美味しそうに食べている。

美味しい。本当に美味しい。

でも、こんなお料理を食べると、どうしても明良のことを考えてしまう。

一緒に食べたかったなと、今夜もやっぱり考えてしまう。

「ねぇ、つぐみちゃんの彼氏って、どんな人？」

堤さんだった。明良のことを考えていた私は、たぶんそれがちょっと表情に出ていて、彼女はそれを敏感に感じ取ったのではないかと思う。

「彼氏といっても、今後どうなるかわからないですけど」

「そんなこと言わないの」

「年下でちょっとかわいい感じです。高校生の頃からファミレスでアルバイトをしていて、接客が好きだからウチに就職したって言っていました。気が利くし、いつもニコニコしているからお客さんにもかわいがられて、本人も仕事を楽しんでいるんです」

私もそこが好きだった。優しくて、お客さんのために何かをしてあげたいといつも考えていた。

私が立川店の担当だった時、明良に頼まれて、子ども用のハイチェアを増やしたり、お年寄りが躓くというわずかな段差に注意を促す表示をつけたりした。担当店のほとんどが要望など言ってこなかったから、やけに熱心な社員もいるものだなと感心したのをよく覚えている。

明良はほとんどホールにいた。当時の店長は、今はセントラルキッチンにいるベテランで、「ジジイが外にいるより若いのがいいだろ。俺はキッチンが性に合っている」と、ホールの仕事を明良に任せていたのだ。でも、無責任じゃない。それぞれが得意なポジションでうまく店を動かしていた。相性がよかったのだ。

あの頃の私は、今よりもずっと担当店舗を訪れることができていた。夜になってしまった時は、ベテラン店長と明良と、そのまま飲みにも行った。

もともと彼らは、「シリウス」の閉店後によく飲んでいたらしい。それほどいい関係だったのだ。そこに私も加えてもらえた時は嬉しかった。担当として、腹を割って店のスタッフと付き合えている気がした。何度かそんなことがあり、でも、都心まで帰らなくてはいけない私はいつも終電を気にしていた。

こっそり明良が、ウチに泊まればいいよ、と言ってくれたのは何度目だったろうか。明良は、別に変な意味じゃなく、と照れたように付け足した。お酒が好きなのに、毎回ジョッキ二杯で急いで帰る私を気にしてくれていたのだ。

そんなことを思い出すと頬が緩み、口調まで優しくなる。

「就職するまで過ごした実家では、おじいちゃんおばあちゃんも同居だったそうで、なんというか、思いやりがあるんですよ。可愛がられて育ったんだろうなって。お姉さんが二人もいるから、女心もわかってくれて」

「理想の彼じゃないの」

「でも……」

私はちらっとシェフを見た。そして、堤さんを見る。

シェフは素敵だ。名字は違うけれど、私はてっきりシェフと堤さんは夫婦だと思い込んでいた。年齢も同じくらいだし、ぴたりと息が合っている。理想のご主人だ。

「もう。初めてのお客さんは、みんなそう思うのよ。私たちは同志。夫婦ではないわ」

堤さんは吹き出した。みもざと奈々子さんも笑っている。

「……すみません」

「でも、そういうふうに思われるのも、また楽しいのよ。ねぇ、ケイ」

そう、それだ。時々、堤さんはシェフを「ケイ」と親しげに呼んでいた。だから夫婦だと思ってしまったのだ。

シェフはむっつりしている。嬉しいのか、恥ずかしいのか、微妙な表情だ。

このお店の、シェフと堤さんの、何ともいえない温かい雰囲気がいい。

「同業の彼ともうまくいくといいわね。お互いの仕事を理解しているのは絶対にいいことよ。何よりも大切な人がいるって、励みになるからね」

堤さんはにこっと笑う。

「シェフは、大切な人を思って料理を作るそうです。私たちのお料理も、まったく同じ気持ちで」

奈々子さんが教えてくれた。愛情たっぷり、それだけお客さんを大切にしてくれているということだろうか。

でも、よくわかる。

明良の存在はいつだって私の励みだった。

だから、前みたいに会えなくなり、声が聞けなくなり、私の励みがなくなった。モチベーションが下がり、心にぽっかり穴が開いている。それを埋めようと、私は必死になっている。夜中に映画を観たり、朝から走ったり、休日にはあらゆることをして、満たされた自分を演じようとしている。そうしないと、消耗するばかりの仕事で私はすり減ってしまう。しかし、そんな表面的なものじゃ埋まらない。全然足りないのだ。

「食べるものは、しっかり食べることです」

シェフが言った。

ワインが全身を巡り、ニンニクのスープがお腹の底から体を温め、仔羊肉（こひつじ）が力を与えてくれている。一人ぼっちの部屋で、いつもの夜食とビールでお腹を満たしても、こんな感じにはならない。心を許せる人がいて、美味しい食事をする。それこそが、何より疲れた心と体を生き返らせてくれる。

「最後は甘いものでもいかが？」

みもざと奈々子さんは、堤さんおすすめのサクランボのクラフティを頼み、私は赤ワインをもう一杯お願いした。

「つぐみちゃんはデザートよりお酒なのね」

「余韻をゆっくりと味わいたいんです」

そんなふうに返す。この時間を長引かせたい。

たっぷり時間をかけてワインを飲み終え、スマホを見た。午前二時。

今夜も着信もメッセージもなかったが、いつものような失望はなかった。

いつの間にかお客さんがだいぶ減っている。

みもざと奈々子さんはクラフティの感想を言い合い、シェフは仕込みに没頭していて、堤さんはワイングラスを磨いていた。それぞれがそれぞれの時間を過ごしている。

「私、そろそろ帰ろうかな」

席を立とうとすると、みもざが「えっ」とあからさまに驚いた。

「電車はもうないよ。私は朝までここにいるけど」

どうやら「常夜灯」は朝まで営業しているらしい。

「タクシーを拾うよ。明日(あした)は朝から予定があるの」

「そう」

みもざは残念そうだ。でも、強く引き止めたりはしない。

今から帰ってもほとんど眠れないけど、たぶん明日も走るだろう。走りながら、色々考える。自分のこと、明良のこと、それから仕事のこと。

今日までとは違う、何か違うアイディアがひらめくかもしれない。

それから、予約していた美容室に行く。ミュージカルも楽しむ。休日を「何もなかった日」にしないために。そう、やっぱりこれが私だ。

自分の会計を済ませる。シェアした料理はみもざが持つと言ったので、ボトルのワインを払った。大雑把なぶんは、いずれ帳尻(ちょうじり)を合わせようということになった。どうせ月に一度は会議で会う。それに、ここでまた会うかもしれない。

席を立った私にシェフが微笑んだ。

「いつでもお待ちしています」

「ありがとうございます」

私も微笑んだ。お客さんは私なのに、自然とそう言っていた。

堤さんは、坂を下る私が見えなくなるまで手を振ってくれていた。

夢のような時間だった。

でも、夢じゃない。ほうっと息を吐くと、少しニンニクのにおいがした。美容室へは、マスクをしていかなきゃ、と思った。

自然と足が弾む。一人なのに夜道を歩いているのが楽しかった。こんな気持ちは久しぶりだ。突き当たった白山通りも、外堀（そとぼり）通りも、真夜中でも車が走っている。東京の空は真っ暗ではない。私はやっぱり一人ではないのだ。近づいてきたタクシーに、私はまっすぐに手を上げた。

第二話　仲直りのピサラディエール

猛暑日が続いている。今日の都心の最高気温は三十七度と予想され、日差しの下を歩けばそれ以上に暑く感じられる。

けれど、目の前には眩く煌めくクリスマスツリー。

四畳半ほどのミーティングルームの中央に置かれたテーブルには料理が並び、演出のためのオーナメントや松ぼっくりが置かれている。私の横には立派な三脚が据えられ、反対側にはレフ板と照明のライト。そして大の大人が五人。エアコンは二十二度設定でフル稼働中なのに、とにかく暑苦しい。

「キャンドル、もう少し右に。お皿と被っている」

手を伸ばし、キャンドルを慎重にずらす。「こうですか」

「もう少し、もう少し。よし、ＯＫです」

演出効果を高めるため、キャンドルには炎が灯されている。これがさらに室温を上げている。ファインダーを覗くカメラマンの声にホッとし、テーブルから手を引く。

さっき名刺をもらったけれど、名前は憶えていない。

現在行われているのは、クリスマスメニューの撮影である。

まだ八月にもかかわらず、クリスマスの準備に追われている。毎年のこととはいえ、違和感がある。違和感というか、その気になれない。

クリスマスをはじめ、何かと外食需要の多い十二月は、わが社にとってもっとも売上の大きい勝負の月だ。だから本社の力の入れ方も普段とはまったく違う。華やかな特別メニューを投入して客単価のアップを狙うのである。

そのための販促物も抜かりはない。「クリスマスはご家族・恋人と『ファミリーグリル・シリウス』へ」を周知させるため、各店では秋からパンフレットを配布する。

その準備は毎年真夏に始められる。まさに今である。たとえ外気温が三十七度を超えようが、ここはクリスマスの食卓なのだ。

午前九時に部屋をセッティングし、それからもう三時間近く経つ。カシャッと軽快な音が響くたび、終了まであと何カットと、心の中でカウントダウンをしてしまう。

メニュー開発の担当は、同じ営業部の桃井さんとセントラルキッチンの工場長だ。

桃井さんは本社勤務も長いが、店舗もセントラルキッチンも経験した大ベテランで、私と同じように数店舗の担当をしながら、季節ごとのフェアやイベントのメニューを企画している。

全社を挙げてのクリスマスメニューは、社長決裁を必要とする。桃井さんは前年のクリスマスの反省から今年のメニュー開発まで、ほとんど一年の半分以上はクリスマスのことを考えているに違いない。

私はメニューツールの作成を担当しているため、撮影にも立ち会っている。つまり、今日の撮影をセッティングしたのは私である。

デザイン会社の担当、林(はやし)さんはこだわりが強い。だからこそ信頼できるのだが、カメラマンがＯＫと言ったファインダーをその都度覗(のぞ)き、料理の付け合わせの位置や、ソースの広がり具合など、微妙な部分までいちいち直す。

こうなってくると、料理が料理とは思えなくなる。実際、ああだこうだと弄(いじ)られて、もう食べられるものではなくなっている。林さんがあれこれ言うたび、今日の料理を用意してくれた工場長の眉間(みけん)のしわが深くなる。

撮影は、コース料理の集合とイメージ写真、それぞれの料理単独のものなど、およそ十カット。

前菜はスモークサーモンのマリネ・サラダ仕立て。

スープはクラムチャウダー。

メインはビーフシチューの煮込みハンバーグ。

デザートはクレームダンジュ・赤いベリーのソース添え。

パンとコーヒーのほか、食前にワンドリンクが付く。

それに加え、毎年人気のチキンのロースト。

スープがクラムチャウダーで、ハンバーグがビーフシチュー煮込みとは、明らかにヘビーな気がするが、アルバイトが大半の「ファミリーグリル・シリウス」のキッチンでは、いかに安全に効率よく料理を提供できるかが大前提だ。

限られた食材と技術を駆使し、「シリウス」の特長を出し、なおかつ可能な限り豪華に感じさせるメニューがこれ、ということなのだろう。

「工場長、ちょっとご相談が」

もう何度目かわからない、林さんの一時停止が入る。今度は、ファインダー越しに見たメインの煮込みハンバーグが、どうものっぺりとブラウン一色になってしまっているらしい。

一緒に煮込まれているのはニンジンとカリフラワー。すっかりソースに紛れてしまい、アクセントとなるものが何もない。

工場長はしばらく考えていた。撮影用の料理を何度も作ってきたベテランだからこそ、写真入りメニューがどれだけ売上に貢献しているかもわかっている。見栄えは重要なのだ。

「やっぱりグリーンが欲しいか。グリーン、ブロッコリーだな」

桃井さんとも相談する。メニュー開発は単純な仕事ではない。たとえばブロッコリーでも一房いくらで計算し、そのレシピ合計の材料費を出す。それと販売価格から利益率が出る。だいたいこれくらいという設定がある。食材を追加すれば、その分、材料費が増える。目標の利益率を割ってしまう可能性だってあるのだ。

販売期間の短いクリスマスメニューは、通常のメニューほど利益率を高く求められないが、それでも社長はしっかりチェックする。だから必要のないものは極力省く。おそらくブロッコリーは省かれたのだろう。カリフラワーが入っているから。

芽キャベツなんかいいな、と思ったけれど、ウチみたいな店では使える食材も限られている。私は余計なことは口にしない。ただでさえ、この後、どうなるかわかっている。

「新田、頼む」

「また、ですか」

念のため訊いてみる。一応、快く思っていないことを伝えておきたい。ささやかな抵抗だ。

「悪いな。房の部分を、二、三個でいい」

「……わかりました。神保町店に行ってきます」

これで二度目だ。一時間前にも神保町店に行った。撮影用のワインを借りるために。

本社は完全に店舗とは独立していて、試作のためのテストキッチンはあるものの、つねに食材をストックしているわけではない。

試作はしていても、いざテーブルに並べてみると何かが違うという場合も少なくない。そういう時はもっとも近い神保町店で食材を調達する。ブロッコリーは普段から付け合わせの定番となっているから、間違いなく用意がある。

ワインを借りに行った時は、開店直後の時間だったからまだよかった。しかし、今は状況が違う。ランチタイムの真っ最中。ただでさえ忙しい神保町店だというのに。店舗にとって、忙しい時に訪れる本社スタッフほど邪魔な者はいない。三上店長はともかく、他のスタッフからは明らかにぞんざいな扱いを受けるはずだ。それを知っているから行きたくない。

とはいえ、その三上店長もちょっと苦手だ。とにかく気が進まない。でも、仕事だから仕方がないので、ミーティングルームを出た。

真っ昼間の日差しが肌をじりじりと焼く。日傘を持ってくればよかったと後悔した。

少し歩けば靖国（やすくに）通り。ランチタイムの会社員たちが、日差しをものともせずにゾロゾロ歩いている。空調の効いた社内から出れば、少しの間なら暑さもさほど気にならなないのだろう。

私たちは撮影が終わるまで昼食にありつけない。このぶんなら夕方までかかるかもしれない。ランチ移動する集団を、つい恨めしげに眺めてしまう。

「シリウス」神保町店の入るビルまでは本社から徒歩五分。二階のワンフロアすべてが「シリウス」になっていて、靖国通りを見下ろす大きな窓がある。

涼しいビルの中に入り、階段で二階に上がると、案の定「シリウス」の入口には長蛇の列ができていた。それをしり目に店内に入るのは、割り込みをしているようで何となくバツが悪かった。さっきは運よくここで三上店長と出くわしたが、さすがに二回も幸運は続かない。出てきた女性スタッフに「お客様、外のウェイティングボードにお名前を書いてお待ちください」と言われ、慌てて本社の者だと名乗り、店長を呼んでもらう。

彼女は「忙しいんですけど」という目で私を見て、店の奥へと小走りに向かう。

神保町店は広い。けれど満席で、外にはあんなにたくさんのお客さんが並んでいる。ここに来るたびに、本社スタッフのお給料はここで出してもらっているんだな、と思ってしまう。

しばらくして、三上店長が悠然と姿を現した。

「新田、今度はどうした」

忙しいはずなのに笑っている。店での彼は快活だ。たぶん、そういう人柄を演じている。もともと裏表のない人だけど、店長としての自分のスタイルを貫く人だな、というのは、私が新入社員の時から感じていた。

「忙しい時間に何度も申し訳ありません、ブロッコリーを五個、貸してほしいんです」

言われた数より多めに頼んだ。何かあって、また取りにこないですむように。

「今度はブロッコリーか。何度もごくろうさま」

笑われた。明るい笑いだから、嫌な感じはしない。

ここでちょっと待っていろ、と店長は私をバックヤードに連れていった。

キッチンに向かい、野菜を扱っているサラダ場のスタッフに声をかける。

ピークタイムのキッチンは様々な音がして騒々しい。注文伝票を吐き出すプリンターの電子音、動きつづける食洗機、オーブンの開け閉め、フライパン同士がぶつかる音。それらの音にかき消されない声を、ちゃんと三上店長はわかっている。

「忙しいところ悪いね。ブロッコリーを五個、いや、六個、そこの皿に載せてほしいんだ。潰(つぶ)れていないきれいなやつ。できれば大きめの。うん、ありがとう」

その間もデシャップ台には次々に料理が上がり、ホールスタッフが出たり入ったりして運んでいく。私は邪魔にならないよう壁に張り付いて見ている。それなのに、何人かは私に攻撃的な視線を投げてくる。

確かに忙しい時間に店長の仕事を妨げて、営業の邪魔をしている、かもしれない。でも、このブロッコリーはメニューのためのものだ。クリスマスにはそのメニューのおかげで、神保町店の売上はさらにプラスされる。彼女たちのお給料はそこから出るのに。とまでは、さすがに思わないけれど、邪魔者扱いされるとやっぱり傷つく。

誰もいなくなった時、三上店長はストックされていた紙ナプキンを私の目の前に差し出した。「ほら、汗」と言われて、受け取ったそれで額を押さえる。耳が熱くなる。何気ないこういう優しさが苦手なのだ。昔を思い出してしまう。そして、今の私には応える。

三上店長がテイクアウト用の器に移してくれたブロッコリーを受け取った。

「頑張れよ」と言われて、「ありがとうございました」と頭を下げる。

やっぱり三上店長は頼りになる。

ブロッコリーのせいで時間が押していた。工場長はイライラしていて、桃井さんはメールチェックのためにデスクに戻っているようだ。林さんとカメラマンは、のんびり雑談をしている。

ようやく撮影が再開され、それからは極めて順調に、夕方には無事に終了した。

林さんたちの撤収は早かった。レフ板を畳み、テキパキと機材を片付け、さっさと帰った。工場長は彼らの後を追うように船橋にあるセントラルキッチンに戻り、桃井さんと私が取り残された。私たちは片付けを始める。私たちは、と言っても、おもに私が。

料理はすべて廃棄だ。さんざん弄っただけでなく、もともと色合いをよく見せるため、中までしっかり火が入っていない。昼食は食べていないけれど、この料理を見ていたら、何だか食欲がなくなってしまった。それは桃井さんも同じようだった。

「終わったねぇ」

「終わりましたね」

「あとはメニューデザインか。頼んだよ、新田さん」

「はい。桃井さんもおつかれさまでした」

今年のクリスマスメニューはこれで完成。あとは実際にスタートするまで桃井さんの手を離れる。でも、始まったら始まったで、その評判に眠れない日が続くはずだ。

「これが一番の大仕事だからね。やっと次のフェアに専念できる」

十月から始まる、秋冬向けのメニューのことだ。

季節ごとのフェアメニューを考えるのも桃井さんの仕事だ。

「シリウス」ではグランドメニューの他にフェアメニューがあり、それを楽しみにしている常連さんも多い。メインのハンバーグとドリアを、季節の食材を使ってアレンジしたものを中心に、デザートも二、三品加えて、合計八品くらいのラインナップが定番となっている。だから、桃井さんは年がら年中料理のことを考えている。

「新田さん。せっかくこうしてメニューに関わっているんだしさ」

桃井さんが急に何かを思いついたように私を見た。

少し、嫌な予感がした。

「秋冬のデザート、考えてみない？　何でもいい。アイディア出してよ。やっぱりさ、スイーツといえば女性じゃない。こんなオジサンが考えるよりも、よっぽどお客さんが喜んでくれるデザートができると思うんだ」

桃井さんは一方的に言った。

唖然とする私に、「任せたよ」と片目をつぶって見せ、逃げるようにミーティングルームを出ていってしまう。私はしばらく閉まったドアを見詰めていた。

部屋の片付けだけでなく、デザートメニューまで押しつけられたのだ。

桃井さんとは、私が本社に異動してきた時から机を並べてきた。

私は「シリウス」の料理全般を手掛ける桃井さんの忙しさをよく知っているし、桃井さんも私の大変さをわかってくれていると思っていた。第一、毎晩営業部で最後まで残っているのは、桃井さんか私かのどちらかなのだ。

結局、三浦さんたちと同じなのだろうか。何もかも、私に押しつける。

何が、女性活躍だ、と思う。

さすがにお茶くみの風習などはなかったけれど、私はアシスタントではない。

さらに、それとは別の大きな問題がある。

私は甘いものが苦手だ。スイーツにまったく興味のない私に、デザートメニューなど考えられるわけがないではないか。

どうしてみんな、女性はスイーツ好きと決めてかかるのだろう。

仕事柄、というか、食べることがもともと好きだった私は、話題のレストランには大いに興味がある。けれど、いくら人気店だとしても、カフェやパティスリーに行きたいと思ったことはない。それが仕事の幅を狭めている、と思ったことも特にない。しょせん勤務先は「シリウス」だ、という意識がどこかにあるのかもしれない。

そもそも、食べ歩く時間がない。相手もいない。

いったいどうしろというのだろう。

ますます気が重くなり、ミーティングルームを片付けるのも億劫(おっくう)になった。

自分のデスクに戻ったのは午後六時過ぎだった。

桃井さんはいなかった。クリスマスメニューの区切りがつき、久しぶりに担当店舗に出かけたようだ。当然ながら三浦さんと中園さんもいない。

パソコンを開くと、先ほど別れた林さんからメールが届いていた。

さっそく撮影した写真をはめ込んだメニューデザインを送ってくれたのだ。私が片付けをしている間に、林さんは会社に戻り、どんどん自分の仕事を進めている。

届いたデザインを見た。悪くない。ビーフシチューの煮込みハンバーグの上には鮮やかなブロッコリーがあり、満足感を覚える。

テーブルの奥にはツリーが写り込み、とても真夏のミーティングルームで撮影されたものとは思えない。

このメールは今日中に返信したほうがいいのだろうか。最終決定には、営業部長と社長の確認が必要だから、まずは撮影のお礼だけ伝えておくことにした。

林さんのメールに返信し、他のメールにも目を通す。席を外している間に置かれていた書類やファックスも確認する。

それから、「秋」「冬」「デザート」で画像検索してみた。画像のほうがイメージがわく。そもそもお客さんも写真を見てメニューを決める場合が多い。

画像検索すると、他社のメニューも出てくるから参考になる。料理もパクりパクられの世界だ。何かが流行る(はや)と、どこもたいてい似たようなものを出してくる。

色々出てくる。どんどん出てくる。ずうっと下までマウスでスクロールしていっても、まだまだ出てくる。

でも、美味しそう、とならない。食べたい、とならない。それがスイーツに興味のない私だ。やっぱり芋、栗、カボチャだろうか。似たようなものをどこもやっている。それに色味が地味だ。どうしても写真入りのメニューを作成することを考えてしまう。かといって、誰もが目を引かれるような複雑なスイーツは、店舗スタッフが嫌がるだろう。皿に載せて出すだけ、ちょっとミントか何かを飾るだけ。その程度のデザートを店舗は求めている。でも、それではやっぱり魅力がない。

一時間以上考えたが、やっぱりわからない。今現在、どんなデザートが流行っているのかも知らない私だ。

ああ、明良がいたらなぁと思う。

明良なら、誘えば一緒にカフェに行ってくれる。それに、甘いものが好きだ。一緒にコンビニに行くと、必ずシュークリームやエクレアを買っていた。真夜中でもためらいなく食べる。その幸せそうな顔を見るのが好きだった。

一度だけ、明良とスイーツで有名なカフェに行ったことがあった。

デートの計画は、ほとんど私が立てていた。明良と行きたい場所がたくさんあった。二人で過ごす貴重な休みを、一分一秒でも無駄にしたくなかったのだ。

明良はどちらかと言えば家でのんびりしたいタイプだ。休日くらいゆっくりしようよ、と言ってくる。それではつまらない。思う存分、充実した休日を過ごしたかった。

そんな明良が、たった一度だけ自分から行きたいと言ったのがそのカフェだった。

「お店の雰囲気がいいみたいなんだ。きっとつぐみちゃんも好きだよ」

「ゴージャスなフルーツパフェが一番人気で、みんな写真を撮っているって」

私が甘いものが苦手なことを知っている明良は、さかんに私の興味を引こうとした。よほど行ってみたかったのだろう。そんな明良がかわいくて、私たちは意気揚々と電車を乗り継いで出かけたのだった。

人気店はやっぱり混んでいた。予約を受けていないため、開店前から大行列だった。さらに着席してから九十分の入れ替え制。

列を一目見て、私はうんざりした。いったい何時間待つのだろうと、並んでいる間にますますイライラしてきて、文句を言った。明良にではなく、大行列に。でも明良は、自分に言われた文句だと思ったようだ。出かける前はあれだけ楽しそうだったのに、この時はしゅんとうなだれていた。

その様子に胸が締めつけられた。違うのだ。こんなに並ぶのなら、他のことで明良との時間を使いたかった。でも、それをうまく伝えることができなかった。

どこか重い空気のまま、私たちは無言で並びつづけた。

二時間並んで食べたシャインマスカットのパフェは、見た目は繊細で芸術的ですらあったけれど、お腹の足しにはならなかった。その後で、すぐ近くのハンバーガーショップに入ったのを覚えている。

今になって思う。どうしてあの時、明良と「待つ」ことを楽しめなかったのだろう。なかなか会えない明良がすぐ隣にいて、ゆっくり話をすることができたというのに。私は結果を求めすぎる。これだけをやったという自分の満足感にこだわりすぎて、明良の気持ちをいつも置き去りにした。明良にとっては、何時間待ってでも私と食べたスイーツが、何よりも大切だったかもしれないのに。

それ以来、明良とスイーツを食べに行ったことはない。明良のことを思うたび、自分の何がいけなかったのかと考える。

でも。私は決心して、スマホを持って立ち上がった。以前の電話は失敗だったが、今夜はちゃんと用事がある。頼れるのは明良しかいないのだ。

もう店の閉店時間は過ぎている。明良は帰宅途中か家に着いた頃だ。

オフィスを出て、通路の奥の非常扉を開けた。むわっと湿度の高い外の空気が押し寄せてきて、揚げ物のにおいの混ざった熱気に息が詰まる。本社の周りは飲食店も多く、それぞれのダクトが様々なにおいの熱を吐き出している。

近隣のビルにはいくつもの明かりが点いていた。まだみんな帰れないんだなと思う。実家のある栃木の街は、この時間ならみんなそろそろ眠りにつく。どうして都会では、誰もがこんなに仕事をしているんだろう。何のためにそんなに頑張れるのだろう。

スマホの暗い画面を見つめ、勇気を振り絞って、明良の番号をタップした。

呼び出し音が続く。出て、と願う。

着信に気づいていても、出てくれない可能性もある。

いつまでも呼び出し音が続いている。しつこいと思われるのも嫌だ。

でも、あと少しだけ。そう思った矢先、電話は繋がった。

「明良！」

思わず叫んだ。スマホに縋りつくみたいに握る手に力がこもる。

『……つぐみちゃん、どうしたの』

私の弾んだ第一声とは対照的な低い声。恥ずかしい。

それに、どうしたのと言われると困ってしまう。スマホの向こうから戸惑っている雰囲気が伝わってくる。出ないのはさすがにまずい、最近、電話もメッセージも送っていない。そんな気まずさまで伝わってくる。

だから、努めて明るく言った。

「どうしているかなって、思って」

『……ごめんね、なかなか電話できなくて』

声が弱々しかった。

「大丈夫。いつも忙しいってわかっているから」

忙しくたって、少し話すくらいできるはずだ、とも思っている。だって以前は毎晩電話をくれていた。それよりも前は、会いにきてくれていたではないか。

何気なく、本当に何気ないふうを装って、言葉を続ける。

「今日、クリスマスメニューの撮影だったの」

『ああ、毎年、真夏にやっているんだもんね。おつかれさま』

神保町店に二度も行かされたことは、言わない。愚痴になる。

「その時、メニュー開発の桃井さんに、秋冬フェアのデザートを考えるように言われちゃった」

『つぐみちゃん、甘いもの、食べないよね。大丈夫なの？』

「そうなの。だから電話しちゃった」

いい流れになった。もうずっと顔を見ていない。会いたいのだ。

「だから、一緒にカフェに行かない？　明良、スイーツ好きでしょう。今、流行りのもの、教えてよ」

身構えたのが、何となく伝わってきた。

祈るような気持ちで待つ。これまでの明良なら、喜んで「うん」と言ってくれた。

でも、沈黙に耐えかねて、訊いてしまう。

「やっぱり、会えない？」

訊きたくないのに、訊いてしまった。さらに言ってしまう。

「もうずっと会っていないよ。会いたい。カフェはいいから、会うだけでもいい。だめ？」

沈黙。

「会いたく、ないの？」

自分でも、カフェはどこ行った、と思う。でも、必死だった。

『ごめん。つぐみちゃん、本当にごめん』

苦しそうな声で言われると、何も言えなくなってしまう。

「謝らないでいい。何かあったの？　言ってよ。私には、言えない？」

これまで散々私の愚痴ばかり聞かせてきたからなぁ、と思う。

『ごめん……。うまく言えない。とにかく今は会えない』

「話してよ。仕事？　それ以外？　次はいつ休みなの？」

質問攻めだ。ああ、こういうところも嫌われるんだよなと思いながら、でも、私は必死だった。せっかく明良と話しているのだ。この電話を無駄にしたくない。明良が困っているなら今度は私が支えになりたい。それは心からの思いだった。

『……本社も忙しいんでしょう。ほら、前も言っていたよね。クレーム対応はもうんざりだって。その上、次はデザートメニューだもんね』

「愚痴ばっかり聞かせたのは、ごめん。反省している。今度は私が明良の話を聞くから」

『違う。つぐみちゃんは悪くないんだ。ただ、今はお互い、自分のことを頑張ろうよ』

聞こえてくる明良の声は、空気が漏れるように頼りない。

「何それ」

『だから、ごめん。もう、切るね』

本当に電話は切れた。切られてしまった。絶望感に押し潰されそうだ。

お互い、頑張る？

今までだって、ずっとそうだった。何も、私は明良が頑張っていないなんて思っていない。そもそも、立川という本社からも離れた街の「シリウス」で、お客さんを相手に楽しそうに働いている明良に惹かれたのだ。明良も頑張っている、だから自分も頑張ろうと思えた。それは明良も同じだと思っていた。

久しぶりに聞いた明良の声が遠かった。ざらついていた。疲れているのだろう。

こんな時、立川店の担当だったらと思う。何かしら理由をつけて、明良の様子を見に行くことができるのに。今は何も繋がっていない。

その夜本社を出た私は、神保町の裏通りの居酒屋に行って、一人でしこたま飲んだ。

終電まで営業している店はいくつか知っていた。早見先輩がよく連れて来てくれたのだ。桃井さんが一緒だったこともあったが、今は桃井さんとも来ない。三浦さんや中園さんと飲みに行ったことは一度もない。

いつの間にかスマホにメッセージが届いていた。明良からだ。

『さっきはごめん。実は俺、昇格試験の勉強をしているんだ』

『マネジメントを学んでおきたい。受かってから驚かせようと思って、黙っていてごめん』

『だからしばらく集中したい。お互いに今は頑張ろう』

返信せずにスマホを伏せる。

マネジメント？　今の会社の状況で、いくら明良が頑張っても店長になれることなどあるのだろうか。もちろん応援したい。でも、言い訳のような気もする。本当にわからない。

私はジョッキに残っていたビールを飲み干した。

周りは会社帰りのグループばかりで、どのテーブルも盛り上がっていた。

「ラストオーダーです」と声をかけられて、日本酒を一合頼んだのは覚えている。

気づけば隣にいたグループがいなくなっていた。

店内を見回しても私の他には誰もいない。慌てて席を立った。

追い出されるように外に出てスマホを見る。完全に終電の時間を過ぎていた。

自業自得とはいえ、途方にくれた。

靖国通りに出て、タクシーを拾うしかない。これまでだって何度もそんなことがあった。

けれど、帰りたくない。暗い部屋に一人は嫌だった。

タクシーが近づいてきて、反射的に手を上げた。開いたドアに飛び込む。

「水道橋まで」

私はきっぱりと行き先を告げていた。

タクシーを降りた私は、この前みもざと歩いた路地をずんずん進んでいった。

日本酒をかなり飲んだはずなのに、意外と足取りはしっかりしていた。

「キッチン常夜灯」

その名前が頭の中で輝いている。そこに行けば大丈夫。なぜかそう思った。

木製の古めかしいドアを開ける時は緊張したけれど、「いらっしゃいませ」と飛び出してきた堤さんの顔を見たとたん、ホッと力が抜けた。

シェフも私のことを覚えていたようで、「いらっしゃい」と微笑んでくれたのが心強かった。

店内は半分ほど席が埋まっていて、私は入口に近いカウンターに腰を下ろした。店内は肉の脂が焼けるような香ばしい香りや、バターやブイヨン、何かをじっくり煮込んだような美味しそうな香りで満ちていた。

「今夜もずいぶん遅いですね」

堤さんが冷えたおしぼりを差し出す。きっとすでに酔っている私に気づいたと思う。

「今日も色々とありまして、ちょっと飲んじゃいました」

「まぁ。それで終電を逃したのね」

「大歓迎ですよ」

堤さんとシェフの言葉に、やっぱりここに来てよかったと思った。

「飲んだ後なら、温かいお茶がいいかしら？」

「いいえ。ワインがいいです。ええと、さわやかな感じの白」

「かしこまりました」

堤さんは笑いながら店の奥へ消えた。まだ二度目の来店なのに、私がお酒好きだと彼女にはすっかりわかってしまったようだ。場所が変わればいくらでも飲み直せる。そして、今夜はとことん飲みたい気分だった。

「何か召し上がりますか」

シェフが推し量るように訊ねた。さっきの居酒屋ではたいしたものを食べていない。

ただ酔いたかったのだ。でも、今は心が落ち着いていた。

「まずはチーズをお願いできますか。その後で何か追加します」

すぐに盛り合わせたチーズが出てきた。白カビはカマンベールだろうか。それからブルーチーズ、ハードタイプのものと、真っ白でやわらかそうなチーズ。

「ブリー、ロックフォール、コンテ。真っ白なのはシェーブル、山羊のチーズです。堤が用意したロワールの白ワインには、シェーブルがよく合います」

せっかくなのでシェーブルからいただくことにした。まずは少しワインを飲んでから、フォークの先でチーズをつつき、ホロッと崩れたかけらを口に入れる。

やや独特の風味があるシェーブルチーズは、あまり美味しいと思ったことはなかったけれど、食べてみて驚いた。酸味は記憶よりもずっとまるく、香りがすうっと鼻に抜けて心地よい余韻となる。顔を上げると、シェフも嬉しそうに唇の端を上げていた。

「本当です。よく合いますね」

いろいろなチーズをバゲットと一緒に少しずつ食べた。嚙みしめるうちに、さっきまでやけ酒をしていた自分がだんだんバカらしく思えてきた。最初からここに来ていれば、ささくれた気持ちがすうっとほどけて、純粋に美味しさだけに集中できたのに。

その時だ。やけに店内がざわついているのに気づいた。

誰からともなく「おめでとう」と声が上がり、盛大な拍手が響く。

カウンター席の中央に座っていた男性が、立ち上がって頭を掻いている。その横には、やっぱり恥ずかしそうに、でも嬉しそうに微笑む若い女性がいた。

「まさかここで愛を育んでいたなんてね。まぁ、途中から気づいていたけど、やっぱり嬉しいわ」

堤さんが彼らを後ろからハグしている。

「ここで知り合ったの？　全然お互いのことを知らなかったのに？　ええっ、馴れ初めは？」

テーブル席に座っていた女性客が身を乗り出している。

「ちょっと、木下さん。落ち着いて」

堤さんが笑いながら窘めると、彼女は「いいじゃない、千花ちゃん」と席に戻りながら口を尖らせた。この店は客同士の距離が近い。店の構造上の理由もあるけれど、シェフと堤さんの人柄が大きい気がする。

「お互い、終電ギリギリにこの店に通っていたんです。最初はカウンター席の端と端、みたいな感じだったんですけど……」

話題の中心にいる女性が、木下さんと呼ばれた女性客の問いに答えた。私よりも若い。二十代かもしれない。

隣の男性が引き継ぐ。

「俺、いつも彼女が食べている料理が気になっていたんです。毎回、とても美味しそうに食べているんですもん」

「シェフのお料理はどれも美味しいですからね」

二人は顔を見合わせて微笑み合った。

「そう。シェフの料理はどれも美味しいんです。色々と食べてみたいけれど、一人では食べられる量が限られている。そんな時、声を掛けてくれたのが彼女なんです」

広くない店内である。彼らの声はカウンターの端に座る私までよく通り、今や二人はすっかり店内の客の中心となっていた。

私がチーズに夢中になっていたまさにその時、彼はここでプロポーズをしたのだろう。彼女が承諾したのを聞きつけた常連客たちははやし立て、話を聞きだそうとしているのだ。

タイミングが悪い。今夜の私にとっては最悪のシチュエーションだ。

ワインを飲み干し、すぐに気づいてくれた堤さんにおかわりをお願いする。

どれだけ意識を逸らしても、彼らの会話が追いかけてくる。

「俺たち、いつの間にか隣に座るようになって、料理もシェアするようになりました。二人なら倍楽しめるでしょう。最初は料理の好みが合うことで意気投合して、それからお互いの仕事とか、趣味とか、色んな話をするようになって……」

弾んだ声が耳に入ってくる。私の心が勝手にあいづちを打ちはじめる。

ああ、そうだよね、お互いに料理を分け合える相手がいれば嬉しいよね。しかも、仕事で疲れたこんな時間だもの。ちょっと弱った姿を見せたり、悩みを相談したりすれば、彼女はかわいいもの、彼なんてイチコロだよね。

こういう時、どうしても同性に厳しくなってしまうのは仕方がない。

しかし、男性のほうが少し声のトーンを落として語りはじめた。どうやら私の予想とは違っていたらしい。

「……俺、営業の成績が悪くって、ボロクソに上司に怒鳴られて。いつも会社では肩身が狭かったんです。でも、ここにくれば会社なんて関係ないじゃないですか。カウンターでちょっといいワイン飲んで、洒落た料理を食べて、そうやって、わずかに残った自尊心を必死に慰めていたんです」

横にいる女性は優しく微笑んでいる。まるで菩薩のような笑み。こんな顔を見たら、確実に癒される。彼女は声までやわらかくて、うっとり聞き入ってしまう。

「私、すぐに無理しているってわかったんです。カッコつけているなって。それで、言ったんです。全部聞いてあげるから、何でもぶちまけちゃえって。ほら、聞いてもらうとスッキリしますもんね。そう、あの時はムール貝を食べていたんです。山盛りの。おかげでワインが進んじゃって、飲みながらこの人、色んなことを話してくれました。止まらなかった。自分はダメな人間なんだって、最後は泣きだしちゃったんですよ」

横の男性は恥ずかしそうにうつむいた。

「あの時、俺、本当は会社を辞めたくて仕方なかったんです。いつもここで悩んでいた。シェフの美味(うま)い料理を食べるたび、決心が鈍るんです。あの会社にいるから、こんな美味い料理が食べられるんだぞって。でも、やっぱり仕事はつらくて。それでかなり参っていたんです。悔しいから、同期にも相談できなかった」

なんと。男性のほうが泣き上戸だったか。

いつの間にか私はしっかりと聞き耳を立てていた。わかる。彼が何の仕事をしているか知らないが、忙しさ以上に人間関係は一番のストレスだ。弱い立場で上からガミガミ言われたら、萎縮(いしゅく)して何も言えなくなる。

自分のことを語る彼の表情は今も苦しそうに見える。横の彼女はすっと手を出して、励ますように彼の手を握った。恋人を労(いた)わる彼女の姿が、私の心を深く抉(えぐ)る。

私はほとんど明良の愚痴も泣き言も聞いたことがない。私が聞こうとしなかったのだ。自分の愚痴を聞かせるばかりで、少しも察してあげられなかった。今さらながら情けなくて、叫びそうになる。

ふたつ先のカウンター席からは、鈴を転がすような女性の声がまだ続いている。

「彼ったら号泣しちゃって、宥めるのが大変だったんですよ。ね、シェフ、堤さん。あの時はご迷惑をおかけしました」

「とんでもない」

「その後、シェフが出してくれたのは仔羊でした。野菜との煮込み料理で、クスクスが添えられていました。クスクス、その時、私たちは初めて食べたんです。クスクスっていう名前が妙に可愛くて二人とも大笑い。まぁ、私はやっと笑ってくれたって安心したんですけど」

「あの時、シェフはわざとクスクスを出したんですか」

「さぁ、どうでしょう」

「偶然にしてもすごいですよね。あの夜、私たちの距離が一気に縮まったんです。私、彼とどんな時にどんな料理を食べていたか、全部はっきり覚えています」

私だって覚えている。

初デートは、日比谷で映画を観て、銀座のイタリアンに行った。明良は「さすがつぐみちゃん。お店のセンスがいいね」と褒めてくれた。まだ明良のことがよくわからなくて、悩んだ末のプランだった。プリフィクスのコースで、お互い選んだパスタもメインもすっかり同じで驚いた。デザートのティラミスは明良が半分もらってくれた。それで明良が大のスイーツ好きだと知ったのだ。

　初めて明良が泊まりに来た時は、コンビニで色んなものを買い込んだ。おにぎり、サンドイッチ、焼き鳥、レジ横のホットスナック、ポテトチップスに缶ビール。最後に私がサラダをカゴに入れると、明良は「野菜、大事だよね」と笑顔で言ってくれた。

　その翌日は二人とも休日で、頑張ってご飯を炊いて味噌汁を作った。差し向かいで食べる朝食は、お互いにちょっと照れていた。

　だんだん打ち解けてきて、色んなお店を食べ歩いた。お好み焼き、赤提灯の立ち飲み屋、「シリウス」みたいな洋食店。明良と訪れた店はおそらく全部言うことができる。

「でも、危機はあったわよね」

　堤さんの声に我に返る。すっかり思い出に浸っていた。

「あの時も、シェフの料理がきっかけで仲直りしたんです」

「何の料理だったの？」

　またテーブルの女性客が口を挟む。

「ピサラディエールですよ」

「ピサラディエール？」

　説明したのはシェフだった。

「南フランス、プロヴァンスの郷土料理で、チーズは使いませんが、イタリアのピザと似たようなものです。薄く延ばしたパン生地に、じっくり炒めたタマネギとアンチョビのペーストをたっぷり塗り、さらにアンチョビとオリーブを飾ってオーブンで焼きます」

「そう。タマネギの甘みとアンチョビの塩気でワインがどんどん進んじゃうのよ」

そのピサラディエールで、どう仲直りしたのだろうか。

「シェフ、離れて座っていた私たちの間に、どーんと大きなピサラディエールを出してきたんです。あの時、ちょうどカウンターもガラガラで、私たちの間は二席空いていたんです。その真ん中にお料理ですよ？　しかも、ケンカしている時にシェアしないと食べきれない料理。びっくりしちゃいました」

「そこがシェフよ。実はね、ピサラディエールは、普段は切り分けて、軽いおつまみとして出しているの。それをそのまま出したんだから、私も驚いちゃった」

堤さんが笑っている。

「ちょうど今日、ご用意がありますよ。いかがですか」

しれっとシェフが言うと、カウンターの奥に座っていた大柄な男性客が言った。

「なんだなんだ、じゃあ、それ、俺からみんなにご馳走（ちそう）するよ。シェフ、今日のは切り分けてあるんだろ？　店にいるみんなに出してやってくれ」

「かしこまりました」

歓声が上がる。おそらく今の男性も常連客だ。いつもなら温かなこの雰囲気にのって、私も彼らを祝福している。けれど、やっぱり今夜はそんな気分になれない。

「どうぞ、つぐみちゃんも」

堤さんが私の前にもピサラディエールを置いた。

アンチョビの食欲をそそる香りに顔を上げ、カウンターの奥の大柄な男性にちょっと頭を下げた。今の私にご相伴にあずかる資格はないのだけど、ここで受け取らないのも場が白けてしまう。それに、やっぱり美味しそうだった。

「その時もピサラディエールでワインが進んじゃって、気づいたら仲直りしていたんです。酔っぱらっていい気分になると、細かいことを気にしているのがバカバカしくなっちゃって。それに、こんなに楽しく飲める相手とずっと一緒にいられたらいいな、なんて思ったんです」

私はピサラディエールのはじっこをかじった。

縁を残して全体にタマネギとアンチョビのペーストが塗られ、サクッとしたかと思えば、すぐにペーストを吸ってしっとりとした生地がくる。刺激的ともいえるアンチョビの風味と塩気が確かにワインに合う。どんどん進んでしまいそうだ。これを二人で食べきるなんて、どれだけワインを飲んだのだろう。その間にどれだけの言葉を交わしたのだろう。なにせ、「常夜灯」は朝までやっている。仲を深めるには十分な時間ではないか。

またしても応える。明良と過ごしたいくつもの夜、話すのは私ばかりで、ちゃんと会話ができていたかが心もとない。

「で、彼氏のほうはその後、仕事も順調にいっているわけ？」

テーブル席の女性が、ワイングラスを片手に問いかけた。

「相変わらずです。怒られてばかり。でも、根性は認めてもらえたみたいです。仕方ない奴だな、って感じで。愛情ある厳しさってやつですね。だから前みたいに腐らなくなりました。なんというか、頑張れるんですよね、彼女がいると」

常連客がはやし立て、彼らは照れたように見つめ合う。シェフと堤さんも二人を温かく見守っていた。

羨ましかった。相手はまったく知らない二人だというのに。彼らの今がどれだけ満たされているかと思うと、羨ましくてたまらない。いや、むしろ妬ましいくらいだ。

そこで愕然とした。気づいてしまったのだ。

私は他人から羨まれたいと思っている。いつも主役でいたい。だからこそ何かにつまずくたび、思い描いた通りに物事が進まなくなるたび、こんなにも焦り、腹を立ててしまう。

いったい私は何様のつもりだ。ショックを受けている自分をごまかすようにピサラディエールをかじり、ワインで流し込む。こんな時でも感じる美味しさに、何だかシェフを裏切っているような気がして申し訳なくなった。

まだチーズが残っていたので、もう一度ワインをおかわりする。

店内のお客さんが一人、また一人と減っていくのがわかったけれど、「常夜灯」なら何も心配することはない。私はワインを飲みつづけた。

もう何杯ワインを頼んだかわからない。

堤さんは「そういう夜もあるものね」と、そっと私の背中に温かな手を置いた。いつの間にか横にはホットレモネードが置かれていて、その気遣いが嬉しかった。

そのうちに眠ってしまったようだった。

ふわふわと浅く、深く眠りの世界をさまよった。家では気づけば眠っている。そしてあっという間に目が覚める。心地よい眠りの感覚は久しぶりだった。

どのくらい時間がたったのか、賑やかな声に目が覚めた。私はカウンターに突っ伏していて、背中にはブランケットが掛けられていた。

ゆっくりと体を起こすと、「寒くない？」と堤さんの声が聞こえた。

頭を載せていた腕は痺れていたが、ブランケットのおかげで寒さはない。

「シェフ、つぐみちゃんが起きたわよ」

両隣のお客さんが変わっていた。いや、両隣だけではない。店内の客層ががらりと変わっていた。全体的に高齢のお客さんが多い。その上、ステンドグラスの向こうが明るい。もう朝なのだ。

状況を理解するにつれ、ますます私は混乱した。彼女、彼らの前に置かれているのは、大ぶりのお椀とおにぎりではないか。

もしかして、まだ夢を見ているのだろうか。しかし、店内を満たす炊き立てのお米と味噌汁の出汁の香りは間違いなく本物だ。彼らは勢いよく味噌汁をすすり、大きなおにぎりにかぶりついている。これはいったいどういうことだ。

救いを求めるように見上げたシェフは、なんとカウンターの向こうでおにぎりを握っていた。眼鏡が真っ白に曇っていて、思わず吹きだした。シェフの前の土鍋では炊き立てのごはんが白い湯気を上げている。シェフは恥ずかしそうに笑った。

「どうしておにぎりとお味噌汁が……」

「なんだい、お姉さん。朝は初めてかい」

隣のおじいさんが、味噌汁をすすりながら言った。

「シェフの朝ごはんは絶品だよ。これで今日も一日頑張れるんだ」

「朝ごはん」

「そうさ」

彼は味噌汁を飲み干すと、「ごちそうさん」と席を立った。

シェフと堤さんが「ありがとうございました。いってらっしゃい」と彼を見送る。

その後も次々に食事を終えたお客さんが店を出ていく。

「ごちそうさま。さぁ、今日も頑張るかぁ」

「ありがとうございました」

「シェフ、千花ちゃん、いってくるよ」

「いってらっしゃい」

「シェフもお疲れさん」

「ありがとうございます。いってらっしゃい」

朝から賑やかだ。彼らをいっせいに送り出すと、店内はとたんに静かになった。

「驚いた？　みなさん、これからお仕事に行かれるお客さんよ」

私以外は誰もいなくなったカウンターで、お椀とお皿を片づけながら堤さんが笑った。

「お仕事？」

「そう。東京は夜も朝も忙しいわね。つぐみちゃんの隣にいたお客さんは、毎朝始発でここにきて、ビルの清掃に行かれるの。反対隣の女性は駅前の喫茶店のモーニングですって。もう四十年もやっているそうよ。みんなお元気よねぇ」

どちらも私の両親よりもずっと年上に見えた。まだ朝の六時前だ。なんて元気なのだろう。

「みなさん、お仕事が生きがいだっておっしゃっているので、私も励まされます」

「私もあれくらいの歳になってもそう思っていたいわぁ」

私にとって仕事って何だろう。生きがいと思ったことなど、おそらくない。

でも、生き生きとした彼らの姿には確かに励まされた。

「つぐみさんも朝食、いかがですか。夏こそ味噌汁がいいんですよ。水分と塩分が摂れますから」

「そうそう。二日酔いにもいいしね。今朝の具は焼きナスとミョウガ。シェフの塩むすびも美味しいのよ」

「……いただきます」

新潟産のお米とゲランドの天日塩の塩むすびは、むっちりとしたお米の甘みと塩気が抜群の相性で、トロトロのナスとシャキッとしたミョウガの味噌汁も、飲み過ぎた胃袋に沁みた。まさかビストロでこんな朝食が食べられるとは考えもしなかった。

「これのことだったんですね」

「え？」

「前回、私は途中で帰っちゃったじゃないですか。その時、みもざがとても残念がっていたんです。『このお店には秘密があるのになぁ』って」

「秘密なんてものじゃありませんよ。お客様が本当に欲するものをお出ししたいと思っているだけですから」

夜を通しての営業を終え、特製の朝食メニューを出し終えたシェフの顔は満ち足りたように幸せそうで、とても眩しかった。

すっかり忘れていた。飲食店の原点とはそういう気持ちだ。

お客さんを喜ばせる。それが自分の喜びにもなるから、拘束時間も長く、思うように休みも取れない仕事でも頑張ることができる。きっとみもざは、「常夜灯」でそれを実感して、新たな目標を持つことができたのだ。

それにしても、ビストロで味噌汁と塩むすび。この意外性が、お客さんを感動させる大きな要因となっている。少なくとも私は驚き、その美味しさとシェフの思いに感激した。ふと思う。もしかしたら本社の役割とは、その意外性を生み出すことなのかもしれない。

「何時に閉店するんですか」

「七時です。始発のお客様で満席になり、多い時で二回転。その後は少しずつ閉店の準備を始めます。つぐみさんはお仕事ですか」

「はい。仕方がないから行ってきます」

「タフですね」

「さっきのお客さんたちみたいに、元気いっぱい、というわけにはいきませんけど、やらなければいけない仕事が山積みです。結局、会社は私の居場所なんです」

「居心地がよくなることを祈っています」

「ありがとうございます」

　やらなければいけない仕事。そのひとつがフェアメニューのデザートだ。

　一瞬、昨夜の苦い記憶が蘇り、すぐに頭から追い出した。

　シェフと目が合った。ここにもっとふさわしい相手がいるではないか。

「シェフ、私、甘いものに興味がないんです」

「この前もデザートではなく、ワインでしたね」

「そうなんです。それなのに、秋冬向けのデザートを提案するように言われて困っています。何かアイディア、ありませんか。助けてください」

「秋と冬のデザートですか」

「収穫の秋ね。シェフは毎年、アップルパイやタルトタタンを焼くわよ。バスク地方はリンゴ生産も盛んなの。シードルも有名」

　堤さんが会話に加わった。

「つぐみちゃんは、アップルパイよりもシードルね」

　ズバリと言われてしまう。だから本当に困っているのだ。

しばらく考え込んでいたシェフが顔を上げた。

「またここにいらしてください。考えておきます」

「そうですよね。急に言われても困っちゃいますよね」

堤さんに見送られて外に出た。時刻はまだ七時前だが、真夏の朝日がビルの間から差し込んで気温を上げている。そのまま出社するよりも、一度帰宅してシャワーを浴びたい。

昨夜から何も解決していないのに、少し気分は晴れていた。ただ、頭が痛い。さすがに飲み過ぎた。

次に「常夜灯」に顔を出したのはその数日後だった。

デザイン会社の林さんから提案されたクリスマスメニューのデザインが固まり、社長からの了承も得て、ひとつ区切りがついたような充実感があった。

今夜は「常夜灯」に行こうと、出勤する時から決めていた。不思議だ。それだけのことで心が浮き立って、電話に出ることも、目の前の三浦さんが頻繁に席を立つことも気にはならなかった。

降りかかってきた仕事をこなしていたら、やっぱり会社を出るのは午後九時を過ぎていた。営業部に残っているのは、秋冬フェアメニューの大詰めを迎えている桃井さんだけだ。

「お先に失礼します」と声をかけると、「おつかれさん」と、声だけが返ってきた。彼のデスクは積み上げた料理の本や食材のカタログなどで要塞のようになっている。

本社のある神保町から水道橋までは地下鉄で一駅。早くシェフや堤さんに会いたくて、駅の階段を駆け下りる。空腹さえ心地よいほどだ。

今夜のおすすめ料理も、シェフが提案する秋冬デザートもどちらも楽しみだった。

「いらっしゃいませ」

「堤さん、こんばんは」

「シェフったら、つぐみちゃんのご来店をずっとソワソワ待っていたのよ」

「わぁ、ごめんなさい。すぐに来ちゃったらもったいない気がして」

「楽しみはとっておきたかったってことね。嬉しいわ」

堤さんは満面の笑みで私の背中を押すように店内へいざなう。

「いらっしゃい」

「こんばんは」

「お待ちしていました。まずは食事ですね」

「お腹ペコペコです。おすすめはありますか。デザートがあるから少し軽めで」

「スープとサラダはいかがでしょう」

「お願いします」

今夜用意しているサラダはボリュームがあるというので、シェフの言葉に従った。

「お待たせしました。ヴィシソワーズです」

「あっ、嬉しい」

まだ暑さの引かぬ体にはぴったりの冷たいスープだ。涼しげなガラスのボウルの中では、少し緑がかった淡い黄色の液体が輝いている。

「いただきます」

まったりと重いスープが、とろりとスプーンに絡みつく。それなのに、口に入れるとびっくりするくらい滑らかだった。甘みのある濃厚な味わい。スープなのに何度か咀嚼して喉に流し込めば、すうっと胃のあたりまで爽快感が落ちていく。

「ポワローの甘みが美味しいでしょう。それに、あまり冷たすぎてはお腹がびっくりしてしまいますから」

あえて濃厚なスープに仕上げ、口の中でじっくり味わってもらう。その間にスープも温まるということだろうか。食べ応えがあるから、小ぶりなスープボウルがちょうどいい。

「サラダもどうぞ」

スープを半分ほど味わったところで、カウンターに大きめのお皿が置かれた。

ハーブを混ぜたたっぷりの葉物野菜の上には、薄切りのバゲットに載ったチーズのようなものが見える。

「シェーブルチーズのサラダです。この前、シェーブルがお口に合ったようですので。チーズはバゲットに載せてオーブンで焼いています。やわらかなチーズとサラダがよく合うんですよ」

温かいチーズのサラダ。なんて美味しそうなんだろう。

まずは思い切ってチーズの真ん中にナイフを入れ、そのままバゲットまで切り分けて野菜と一緒に口に入れた。瑞々しい野菜とバゲットの香ばしさ、やわらかなチーズのほんのりとした温もりを一緒に咀嚼する。この前はシェーブル独特の風味を感じたが、ドレッシングの酸味のおかげで今夜はやけに甘い。

「美味しいです！」

このお店に来ると「美味しい」を連呼しすぎて恥ずかしい。でも、そのたびにシェフは嬉しそうに口元を緩める。その顔が見たくて何度も「美味しい」と言ってしまう。

「パリでは秋から冬の定番サラダです」

今は真夏だけれど、私が秋冬のデザートを考えていると言ったから、合わせてくれたに違いない。それに、すっかりシェーブルチーズがお気に入りになっていた。

「チーズにちょっぴり蜂蜜をかけても美味しいんですよ。試してみますか」

「蜂蜜？」

「ええ。ぜひ」

シェフが小さなココットに蜂蜜を用意してくれ、私はスプーンですくって少しだけかけてみた。甘ったるい味付けの料理も苦手だったけど、これには驚いた。

「あ、本当です。美味しい」

蜂蜜の優しい甘みが、やや淡白なチーズの味を大きく膨らませている。そのまま野菜と食べても、蜂蜜の甘みがドレッシングの味ともよく馴染む。

「よかった。つぐみさんは、甘いものに苦手意識が強いようでしたので」

「あ」

私は先入観を持ちすぎる、何でも決めつけてかかってしまうのだ。

甘いものだけではない。従順な明良も、仕事ができない三浦さんも。私が勝手にそういう役柄を押しつけている。

「……シェフは何でもお見とおしですね」

ここに来ると、見えていなかった自分に気づかされる。

「私はただ喜んでいただける料理を作っているだけです」

シェフは下を向いて何かを仕上げている。

手を休めることなく、静かな口調で続ける。

「でも、私たちは食べることによって生きる力を得ていますから、その力がより発揮できる料理を作ることができれば、といつも考えています」

サラダを食べ終えると、シェフはカウンターに別の皿を置いた。今までこれを仕上げてくれていたのだろう。

見慣れないデザートだった。真っ白なドーム型のお菓子が、たっぷりのソースの上に浮かんでいる。上にかかっているのはキャラメルソースで、お皿に注がれた淡い黄色のソースはおそらくアングレーズソース。全体的にこれでもかというくらい、たっぷりの砕いたナッツ類が散らされている。

「これ、なんていうデザートですか」

「ウフ・ア・ラ・ネージュ。ネージュは雪のことです」

「ああ、この白いのはきっとメレンゲですね」

名前も見た目も、寒い季節らしいデザートだ。

「ええ。二種類のソースをたっぷり使い、濃厚な甘さが恋しくなる寒い時期にぴったりです。春や夏はベリーやオレンジのソースに変えてアレンジもできます」

「なるほど」

スプーンをそっとメレンゲに差し入れた。むっちりと、しかしふわりとスプーンが埋まり、スープ皿の底に当たってカチンと涼しげな音を立てる。

アングレーズソースをたっぷりすくって、メレンゲと一緒に口に入れた。

しゅわっと口の中で消えるような不思議な食感。バニラビーンズがきいたアングレーズソースと、ほろ苦いキャラメルソースのふたつの甘さが口の中で見事に調和する。最後はナッツを噛み砕く。

「たっぷりのナッツ。これだけでも秋っぽいです。実りの秋って感じです。あ、このアーモンドはキャラメリゼしてありますね。さすがシェフ」

「ですが、こんなデザートをつぐみさんのお店で出すことは不可能でしょう」

驚いてシェフを見上げる。

「みもざさんからも聞いています。『ファミリーグリル・シリウス』は、とても忙しいお店だと。特にみもざさんの浅草店は、オープンからクローズまでお客様が切れない日もあるとか」

「ええ、全店がそういうわけでもないですけど。でも、ピークタイムはどこも戦場ですから、少しでも盛り付けに手間取る料理を提案すると、たちまち大ブーイングです。つまり、どれだけ速やかに料理を提供できるかが重要なんです。少しでも遅ければお客さんは怒ってクレームになる。それに、調理するのもプロの料理人ではありません。採用して三日目のバイトだって、一人で作れないといけません」

「本社の方がそれをわかっているのなら、お店のスタッフも幸せです。何も流行りのものを取り入れたり、見栄えのするものを作ったりして、注目を集めようと考えなくていいのではないですか」

はっとした。目新しいものを取り入れて、お客さんの気を引く。もちろんそれも大切なことだけれど、それを優先して店舗をないがしろにしては、まったくの本社のエゴではないか。これでは、まるで女性活躍を強引に進めた社長と同じだ。会社内部のことよりも、対外的な評価ばかりを気にしたから、いろんなところに無理が出ている。でも、社長はまったく見ていない。

「私はクレームカラメル、つまりプリンが好きです。季節を問わず時々無性に食べたくなります。この店のデザートはタルトやクラフティが多いですね。使う果物やナッツ、ソース次第でいくらでも季節感を出せます。春夏はベリーや柑橘、秋冬はリンゴ、栗や胡桃などのナッツ。あとは私の好みです。好きなものを作るのは楽しいですから」

目から鱗が落ちる。

わざとシェフは「シリウス」では出せないデザートを作ってくれたのだ。

いくら流行りのカフェを参考にしたって、それを「シリウス」で再現できるはずはない。シェフが好きなプリンは、子供の頃から誰もが食べてきたデザートだ。だから、大人になっても食べたくなる。

ふいに笑いがこみ上げてきた。

「料理の提供時間が遅いというクレームは、本社にも責任の一端があったんですね。もしも目新しさを追求したデザートを提案していたら、本社にまでクレームがきて、自分の首をさらに絞めることになっていたかもしれません」

シェフは微笑んだ。

「『ファミリーグリル・シリウス』は定番の洋食メニューが人気だそうですね。定番料理は定番だからこそ、誰もが安心して美味しく食べられます。デザートもそう肩ひじ張らず、つぐみさんのお店の定番となるものを考えればいいのではないですか」

料理やデザートにおいて、華やかさと美味しさは同じではない。

きっと私たちが追求するのは、美味しさだけで十分なのだ。それなら、むしろベテランの桃井さんのほうが向いている。彼はこれまでの「シリウス」のデザートをほぼすべて知っているのだ。

ここ数年、デザートがあまり売れていないと指摘されてきた。

桃井さんがどんなに頭を悩ませて考えたデザートも、料理に比べれば確かに注文数が圧倒的に少ない。部長に呼ばれ、客単価アップに繋がるよう、デザートにももっと力を入れろと言われていたことも知っている。だから私に救いを求めたのだと思う。

責任を押しつけたのではない。桃井さんは、すっかり自信を無くしていたのだ。

「創業当時のデザートの復刻なんていうのも面白いかもしれません……」

ふと思いついた。

「いいですね。古いものは大切にしないといけません。伝統です。フランスでは、昔から変わらない郷土料理がいくつも今も愛されていますよ。まぁ、日本もそうですけど」

営業部の棚には古いメニューもすべて資料として残っている。明日はそれを見直して、私が入社するよりもずっと前の「シリウス」のデザートを探してみよう。それから、桃井さんに相談するのだ。創業当時から現在まで、いったいどんなデザートがメニューを飾り、お客さんを楽しませてきたのだろう。

苦手なデザートで、こんなに心が弾んだのは初めてだった。

ウフ・ア・ラ・ネージュを完食した。頭が痺れるように甘いのに、最後までちゃんと美味しく食べることができた。そんな自分に驚いた。押しつけられたと思った仕事が、新しい自分を見つけてくれたのだ。いつもの愚痴も、ここでならちゃんと意味のあるものになる。「常夜灯」は凝り固まった私の心をほぐしてくれる。

「疲れているのかもね。時には甘いものも必要よ」

堤さんが微笑んでいた。

もしかしたら。いや、きっと。

まだまだ、私の前には無限の楽しみが広がっている。

第三話　真夜中のクロックムッシュ

夜のオフィスでコピー機が唸りつづけている。すでに全員が退社した総務部のデスクに出力された書類を積み上げていく。

「総務の人って、みんな几帳面ねぇ」

経理部の部長、野々宮さんが突然口を開いた。それまでお互いに黙々と作業を続けていたのだが、そろそろ飽きてきたらしい。

彼女は本社で唯一の女性先輩だ。五十歳という噂だが、いつもお洒落に気を遣い、サバサバした性格が気持ちいい。

「こういうのって、部長の性格が伝播しますよね。涌井さんは整理整頓が大好きです。帰る時にはデスクの上には何もありません」

そのせいか、他の総務部員のデスクもパソコン以外はきれいに片付いている。隣の営業部は正反対で、私のデスクはいつも資料や店舗から送られてくる書類で雑然としているし、桃井さんの周りは料理の専門書が積み上がっていて、ほとんどスペースがない。

「仕事内容にもよるでしょうけどね」

野々宮さんはきれいにネイルが施された指で、勢い余ってコピー機から飛び出した資料をつまみ上げた。

コピーしているのは、明日の会議で使われる資料だ。月に一度の「ファミリーグリル・シリウス」業績検討会議、いわゆる店長会議は、前月の業績が出そろった月の中旬にスケジュールされている。

その資料を作成するのは経理部で、営業部の私はでき上がった資料を配布できるように準備する。今回は売上分析の資料が遅くなってしまったため、野々宮さんが手伝ってくれている。

「ごめんねぇ。本当ならもっと早くに帰れたんでしょう」

野々宮さんは壁の時計を見てから手を合わせた。

時刻は午後八時で、私にとってはまだ宵の口ともいえる。

遅くまで残る部署は決まっていて、店舗の営業に直接関わる営業部や設備部はいつも帰りが遅い。もっとも設備部の部長さんはできた人で、自分が率先して残るようにしているらしく、他の設備部員は七時にはオフィスを出ている。

「野々宮さんはご家庭がありますもん。そう遅くまで残ったら大変ですよ。それに部長自ら手伝っていただいて、こちらこそありがとうございます」

「だって、こっちがてこずっちゃったんだもの。当然よ。それに家庭と言っても、再婚で子どももいないんだけどね。でも、やっぱり夫のために食事を用意したいと思うし、家の中もきれいにしておきたいのよね」

「う……」

自分の部屋の惨状を思い出して言葉に詰まる。けっして汚いとは言わないが、人を呼べる状態ではない。自分のために片付けるのと、誰かを意識して片付けるのでは、同じ掃除でも気をつけるポイントが違う。

「野々宮さんって、昔から社内の男性に大人気だったそうですね。語り継がれている有名な話ですよ」

「それ、みんなから言われるのよ。恥ずかしいわねぇ」

野々宮さんは両手を振って笑った。薬指の指輪が天井の照明に反射してチカチカと光る。

「昔はね、店舗数も社員数も多かったし、景気のいい時代だったからお店もずっと忙しくてね、みんなよそで遊んでいる余裕なんてなかったのよ。社員も男性が多かったから、私だけじゃなくて、数少ない女性社員や可愛いアルバイトなんて全員モテモテだったの。あ、モテモテって、今も使う？」

「使います。へぇ、モテモテですか」

「私と新田さんじゃ、ひと回り以上も違うもんね。あの時は社内恋愛、社内結婚が当たり前で、店長会議でみんなが集まると、どこの誰と誰が付き合っている、なんて話題で盛り上がっちゃってねぇ。時代かしら。今より若かったし、勢いがあったわね」

　今の会議の空気は張りつめている。全盛期より店舗数が減り、毎月の売上予算を達成できない店もあるから、どうしても厳しい空気が漂ってしまう。そのため店長たちの顔も暗い。連日の営業で疲れ切っているせいもあると思うが。

「でも、離婚も多かったらしいですよね」

　何気なく口にして、しまったと思った。野々宮さんは、神保町店の三上店長のもと奥様だ。これは誰もが知っている。

　しかし、野々宮さんは笑いながら頷いた。まったく気にした様子もない。

「そう。私もその一人だしね。やっぱり忙しいとすれ違っちゃうのよ。特に昔は結婚したら退職する女性が多かったから。不思議よねぇ。同じ会社にいて、相手がどんな仕事をしているかわかっているし、その姿に惚れて結婚したはずなのにね。まぁ、家で夫を待つ奥さんが寂しいのはわかるわ。新婚なのに、夫が帰ってくるのはほとんど日付が変わる頃なんですもの。それも毎日よ。旅行に行きたくても休みも取りにくいしね」

「野々宮さんはお仕事、続けていらっしゃるじゃないですか」

「でも、色々とあるのよ。それに、本社とお店だったしね」

明良と私も、お互いの忙しさを理解しているはずだった。

最初の頃は会いたい気持ちが何よりも勝って、終電を使ってでも行き来をした。好きな気持ちは変わらなくても、何年か経つとお互いにそれが少しずつ負担になってきて毎晩の電話になり、メッセージになり、今ではそれもほとんどない。

「でも、女性側だけが悪いわけじゃないのよ」

書類を揃えながら、野々宮さんは横目で私を見る。

「新田さんも経験あるでしょう。お店でスマートに接客している男の人ってカッコイイのよ。つまり、モテるの。特に年下のアルバイトから。それで浮気。そういうケース、昔はかなりあったのよ。別れた後、今度は別の子と付き合っているっていう話もよく聞いたわ。今はそんなこと、ないんでしょうけど」

どれも身につまされる話だけに、思わず耳を塞ぎたくなる。

明良と会う回数が減った頃から、それは何度も考えた。

立川の店長は女性だ。明良をキッチン専属にするなど、彼女の強引な仕事ぶりを聞いても、その不安は消えなかった。なぜなら、私も明良を振り回してきたから。明良は、リードしてくれる女性に弱い。私の思い込みかもしれないけど。

大学生のバイトもたくさんいる。面倒見のいい明良はいつも慕われていた。そこから発展する可能性もなくはない。私は自分の振る舞いを反省しながら、心の片隅ではいつもそんなことを考えていた。

「……私、実は今、お店の人と付き合っているんですけど……」

「ええっ、どこのお店？　あ、それは言えないか。じゃあ、年上？　年下？　それとも同期？」

野々宮さんが目を輝かせて詰め寄ってくる。予想以上の反応だった。一歩後ろに下がりながら答える。

「年下です。もう五年目になるんですけど、盛り上がったのは最初の一、二年だけで、今はあまり会えないし、かろうじて付き合っている状態というか……。ええと、どちらかが『別れよう』って言わない限り、この関係は保たれているんですよね？」

自分でも何を言っているのかわからなくなってくる。

「ああ、年下か。ちょっとわかりづらいところあるよねぇ。私に合わせて大人ぶっていたかと思えば、実はけっこう甘えん坊だったりね。それに気づかないで放っておくと、急に機嫌が悪くなったりするの。面倒くさいったら」

「……それって、三上店長ですか」

恐る恐る訊いてみた。

野々宮さんは三上店長よりも年上である。もちろん結婚当時、野々宮さんはまだ経理部長ではなく、三上店長も店長ではなかった。けれど、二人とも社内で憧れられる存在だっただけに、かなり話題になったらしい。

彼らの結婚生活は長続きしなかった。わずか数年、まだ三十代前半のうちに別れている。その後、三上店長は独身生活を謳歌しつづけ、野々宮さんは十年くらい前に今度は年上の社外の男性と再婚したのだ。

おかしなもので、こういう社内の恋愛話はどこからともなく伝わってきて、かなり昔の話まで語り継がれている。特に本社には、ゴシップがどんどん集まってくる。

野々宮さんは笑いながら頷いた。

「そうよ、三上くん。今もモテるみたいね。昔からカッコよかったけど、年を取って落ち着きが出たわよね。あの頃は私たちも若かったし、お互いにちょっとカッコつけすぎていたのかもね」

楽しそうに笑うと、野々宮さんは私に向き直った。

「でも、恋人に求めるものって安らぎとか癒しでしょう？　特に忙しい仕事をしているとなおさらよ。私たち、それをうまく表現できなかったのよね。お互いサバサバしているふうを装って、本当にサバサバしたままあっけなく別れちゃった。やっぱり若かったのよ。今なら彼も私もお互いを労わって、もっと違う関係を築けたと思うわ」

私にとって、野々宮さんの話はなるほどと思うと同時に、スリリングでもあった。なぜなら、明良と付き合う前、私は三上店長と付き合っていた時期がある。だから今も顔を合わせる時は身構えてしまうのだ。

野々宮さんはそのことを知らないし、私が入社したのは二人が離婚した後だ。だから後ろめたいはずはないのだけど、やっぱり気まずい。もっとも、三上店長に浮いた話が多いことは、野々宮さんをはじめ社内では誰もが知っている。

この会社に入社した私が、最初に配属されたのは神保町店だった。三上店長はその時から店長で、さっき野々宮さんが言ったとおり、堂々とした接客は目を奪われるほどに素敵だった。隅々まで注意を配り、テキパキと指示を出す姿に憧れた。おまけに優しくて、包容力があった。社会人になりたての数年間、私はまさに三上店長に安らぎと癒しを与えてもらった。

別れたのは私が本社に異動してからだ。本社に来て気がついた。いかに神保町店が会社に貢献しているか。三上店長がどれだけ信頼される店長であるか。

なんだか怖くなった。とても私の手に負えないと思った。憧れの人ではあるけれど、私が釣り合う相手ではない。素直に「素晴らしい人と付き合っている」と喜べるほど、私は単純ではなかったのだ。

　三上店長は最後までカッコよく、まったく後くされなく別れることができた。そして、今も変わらぬ態度で接してくれている。意識してしまうのは私だけだ。

　でも、それは三上店長が私よりもずっと年上だからだと思う。

　もしも明良と別れたら、どうやって接したらいいのかわからない。

「……同じ会社にいて、気まずくなったりしないですか」

　野々宮さんはまたしても明るく答えた。

「会議では毎月顔を合わせるし、神保町店はすぐそこだからね。でも、それを気にしていたら仕事にならないでしょう。割り切るしかないのよ。たぶん三上くんも同じだと思うわ。憎み合って別れたわけではないしね」

　それから私の顔を覗(のぞ)き込む。

「なぁに？　そこまで深刻なの？」

「よくわからないんです。何を考えているのか本当にわからない。でも、これまでそれを聞こうとしなかった私も悪いんです。私のことなんてとっくに嫌いになっていて、伝えられないだけかもしれない。だから、私から確かめるのも怖いんです」

　野々宮さんはふうと息を吐いた。

「会社もこの三年でずいぶん変わったしねぇ。特に男性にとっては働きづらくなったかもしれないわ。だって、女性ってだけで昇格して、あれだけ店長が入れ替わったのよ。若手の男性社員には目標がなくなっちゃうじゃない」

そういう見方も確かにある。野々宮さんはよく見ている。経営陣に近い経理部長だけど、冷静に見ている。

「新田さんの彼も悩んでいるのかもね。もしかしたら強がって相談しないだけかもしれないわよ。ほら、年下の男の子って、カッコいいところを見せようとしちゃうから」

「三上店長も?」

「そうそう」

野々宮さんは笑っている。その表情は優しくて、三上店長への愛情は本物だったことを感じさせる。

「あんなに堂々としているのに……」

「そうでしょう。会議のたびに営業部長に発言を求められて、偉そうに答えているのを見ると、正直、笑いそうになっちゃうのよ。オマエ、立派になったなぁって！」

野々宮さんが見てきた三上店長と、私が見ている三上店長はまったく違う。

同じ人物でも、こんなに見え方が違うのだ。

相手によって見せる姿が違う。関係によってその見え方も感じ方も違ってくる。

私だって三上店長と付き合っていた時は、大人っぽく振舞おうといつも背伸びしていた。

明良が私に見せているのは、本当の明良だろうか。

私が決めつけた明良を演じてくれているだけではないだろうか。

明良にとって、私は安らぎや癒しを与えられる恋人ではなかったから。

「あら、終わっていたわ」

野々宮さんは、すっかり動作を止めたコピー機から紙の束を取り出した。

総務部の机の上でトントンと揃えながら私に訊ねる。

「どうするの？　これから会議室のセッティング？」

いつもならコピーも一人でやっている作業だ。

「もう大丈夫です。付き合ってくださってありがとうございました」

「そう？」

貸し会議室は毎回同じ場所を借りている。今夜も空いているから、夜のうちにセッティングしていいと言われていて、すでに鍵も手元にある。

「じゃあ、私は先に帰るわね」

しばらくして洗面所から戻ってきた野々宮さんは、しっかりメイクを直していて、さすがだなと思った。家に帰るだけならば、私はたとえリップが落ちていようがそのままだ。

もしもこの後、明良と会えるなら私だって、と思う。

気を取り直し、ロッカーから出したスリッパと一緒に刷り上がった資料を抱えた。

会議室のあるビルはすぐ近くだ。到着するとすぐに冷房をつけた。パンプスからスリッパに履き替え、長テーブル、パイプ椅子と順番に並べていく。

広々とした夜の会議室に一人。延々と同じ作業をくり返していく。なんでこの仕事が自分の担当なのだろうと思う。力仕事は、男の人のほうが得意ではないのか。でも、誰も手伝おうと言ってくれない。いつものことだ。不満に思うだけバカらしい。

明良のことを考えながらテーブルを並べる。

そのうちに、愛しいんだか、腹立たしいんだか、わからなくなってくる。

でも、頭の中にはいつも明良のことがある。どんなに仕事で忙しくても、明良のことは必ず頭の片隅にある。

入社して十二年。そのうち五年を明良と付き合っている。忙しい私のそばに明良がいてくれたのだ。仕事の記憶と明良の記憶はもはや切り離せない。

やっぱり会いたい。野々宮さんの話を聞いたからか、よけいにそう思う。

こんな時でも、お腹が鳴った。

今の私には「常夜灯」しかない。

九月に入ったとはいえ、都心はまだ蒸し暑い日が続いている。でも、夜は少し涼しい風を感じるようになった。水道橋に着いた私は、ひっそりとした坂道を上り始める。ビルの植え込みからかすかな虫の音がして、季節の移ろいに驚かされた。

時刻は午後十時少し前。「シリウス」はまもなくラストオーダーの時間だ。みもざも、三上店長も、そして明良もまだ働いている。

迎えに出てくれた堤さんに虫の音が聞こえたことを報告すると、「まぁ」と驚いていた。街が静まり返らないと聞こえない音もある。

今夜の「常夜灯」もひっそりとしていた。カウンターの中央に男性客が一人いるだけで、私に気づいたシェフは調理の手を止めて「いらっしゃいませ」と微笑んだ。

「こんばんは。今夜もお腹がペコペコです。何を食べようかなぁ」

お客さんが少なくても、店内は美味しそうな香りに満ちていた。濃厚なミルクのような香りが空腹をさらに刺激する。そして、ちょっと懐かしいにおい。なんだろう。

「つぐみちゃん、飲み物はどうしますか。まだまだ日中は暑いからビールかしら」

「もちろん。でも今夜は一杯だけにしておきます。明日は朝から会議なんです」

一杯も二杯も私にとってはたいして違いはないのだけど、ここは気持ちの問題だ。

「あら。会議なら、みもざちゃんも来るのね」

堤さんの言葉にハッとした。

「そうですよね。みもざも呼べばよかった。ここでゆっくり食事をして、なんならこのあたりのホテルに泊まって……。ああ、どうして気づかなかったんだろう」

「みもざさん、いつも会議の前は緊張していましたよ。食事どころじゃないかもしれません」

「だからですよ。ここに来れば、きっと緊張がほぐれます」

「ホテルもいいけど、やっぱり朝はシェフのお味噌汁と塩むすびじゃない？」

「ああ、そうでした。やっぱりここで朝食を食べて出勤できたら最高だなぁ。もういっそ、このあたりに引っ越してきたいくらい。……とても無理ですけど」

カウンターの男性客が、にこっと笑って会話に加わってきた。

「お味噌汁やおにぎりもいいですけど、別の朝食メニューも絶品ですよ」

「別の朝食メニュー？」

横を見ると、彼の前にはふっくらとしたオムレツが置かれていた。

そこで先ほど感じた懐かしいにおいの正体に気づく。オムレツだ。

実家にいた頃、朝の台所はきまって母親の焼く玉子のにおいがした。朝食のオムレツ、お弁当のおかずの玉子焼き。私のために甘さを控えた玉子焼きは大好物で、毎日入れて、と頼んでいたのを思い出す。きっと実家の両親は、娘は東京で毎日楽しく働いているんだろうな、と心の片隅で思う。

「オムレツなんてメニューにありましたっけ」

「ありません」

　シェフが困ったように答えた。

「そう。シェフにお願いして特別に作ってもらったんです。ほら、これも」

　彼は身を引いて、オムレツの横に置かれたお皿も見せてくれた。

　またしても見慣れない料理。

「クロックムッシュです。先生のための特別ですよ」

　シェフはいたずらが見つかった子供のような顔で教えてくれた。「先生」と呼ばれた男性は楽しそうに笑っている。たっぷり載せられたベシャメルソースとチーズ。濃厚なミルクの香りの正体はこれだったのだ。

「そんな特別メニュー、作ってくれるんですか」

「先生はね、わがままなお客様なのよ」

　堤さんも笑った。先生。何の先生かまったくわからないが、この男性客はかなりの常連のようだ。

「てっきり、朝のお味噌汁と塩むすびが、日によって洋食になるのかと思いました」

「朝はあれが定番です」

「そう。これは僕のための朝食メニューなんです。真夜中の朝食メニュー。ちょっといいでしょう。僕はこういうメニューが大好きなんです。シェフのオムレツとクロックムッシュは絶品です。ほかにもキッシュやガレットも美味しいんですよ」

「キッシュはすぐにできませんよ。今夜はブリゼ生地がありません」

シェフはさりげなく牽制する。

「じゃあ、ガレットは」

「せっかくですから、次はスペシャリテを食べてください」

ずいぶんと打ち解けた様子に、私まで楽しくなってくる。

先生の料理が気になってまじまじと眺めてしまった。普段はメニューにない料理ならなおさらだ。

「よろしければ、つぐみさんにもご用意しましょうか」

「いいんですか？」

「いいのよ、つぐみちゃん。今夜のシェフはご機嫌だから。食べたいものがあったら何でも言ってみて」

「じゃあ、私もオムレツとクロックムッシュ、あとはスープをお願いします」

「かしこまりました」

シェフが調理に取り掛かると、先生は「よかったですね」と微笑んだ。私と同じくらいの年齢だろうか。明るい雰囲気に親しみがわく。

「先生はいつも突然来るんだもの。前々から言ってくれれば、キッシュだってちゃんと用意してくれるわ。ねぇ、シェフ」

調理に集中するシェフの背中を眺めながら、先生が少し唇を尖らせた。

「もう。千花ちゃんも知っているでしょう。それじゃあ、楽しみがない。突然、現れるからいいんです。歓迎される。そうでしょう？」

「まぁ、そうかもしれないわ」

「どうしてオムレツをリクエストしたんですか」

すっかり私も先生のペースに巻き込まれていた。

「そうだなぁ、旅行に行ってホテルに泊まる。その時の朝食って、何だかワクワクしませんか？」

先生は面白そうに私の顔を覗き込んだ。

旅行なんてもうずいぶんしていないけれど、思い出をひっくり返して記憶をさぐる。

「そうですね……。旅行っていうだけですでに興奮していますし、ふっくらしたオムレツ、カリカリのベーコン、焼きたてのパン……。確かにワクワクするメニューですよね。今は朝食が美味しいと有名なホテルもありますし」

「それだけじゃない。休日の解放感、旅先での一日のはじまりの大きな期待感。僕にとって、旅先での朝食はめくるめく喜びの象徴なんです。それを味わわせてくれるのが、シェフの朝食メニューですよ」

オーバーな言説が面白い。でも、言っていることはよくわかる。

日常を離れた解放感を味わいたいから旅に出る。それは「常夜灯」に来ることにも少し似ている。ここに来ると、思い悩んでいることも、あくせく働いた疲れも忘れて、ただ心地よい時間に身を委ねることができる。「本社の新田つぐみ」から解放されたくて、私はここに来てしまう。

先生も同じかもしれない。やけにハイテンションな雰囲気がそれを感じさせる。

「お仕事の後、ここにいらっしゃったんですか」

「そうです。今夜は帰れました」

「忙しいお仕事なんですね」

「気の抜けない仕事です。だから、仕事の後はめいっぱい解放感を味わいます。好きな場所で、好きな人に会って、好きなものを食べたいんです。お恥ずかしい話、普段は食事も不規則でロクなものを食べていません」

「私も同じです。飲食店の本社で働いているのに、全然食事がとれないんです。でも、お店はちゃんとお昼の十二時と夜の六時過ぎに忙しくなるから、すごいなぁって思っちゃう」

いつも羨ましく思っていた。きちんとランチタイムに店を訪れる会社員たちは、どうやって仕事をやりくりしているのだろうと。

「たとえ時間が遅くても、ちゃんと食事はとらないといけませんよ。おまたせしました。ミネストローネとクロックムッシュです」

「あ、ミネストローネも美味しそうですね」

先生も私のスープを覗き込む。

シェフのミネストローネはトマトの赤色ではなく、澄んだ色だった。均一に細かく切られたタマネギやニンジン、セロリやズッキーニ、インゲンやナスがたっぷり入っている。

「トマトの酸味もいいですが、こうすると野菜の甘みがさらに引き立ちます」

様々な野菜の甘みを引き締める深い味は、細かく刻んだベーコンだ。しっかりと炒められていて、その旨みを野菜が吸収している。何種類もの野菜を摂り込んで、体の中がきれいになるような気がする。

「クロックムッシュも食べてみてくださいよ」

先生に促されて、ナイフを握った。

パンは少し厚めにスライスしたライ麦パンで、縁からあふれんばかりに載せられたベシャメルソースがフツフツと沸き立ち、その上では溶けたチーズが焦げ目をつけていた。

「美味しそう……」

「熱いですから、気をつけて」

こんもりと厚いパンにナイフを入れるとしっかりとした手ごたえがあり、ザクザクと音がする。ベシャメルソースの濃厚な香りに、今すぐ口に入れたくなる。

我慢してひと口大にする。チーズがトロリと糸を引き、切り分けた断面からは分厚いハムが顔を出す。

「チーズはグリュイエールだそうですよ。溶けてもしっかり弾力がある」

横から先生が教えてくれた。

大きく口をあけ、ようやく切り分けたパンを咀嚼する。ハムの下にもベシャメルソースが塗られていて、しっとりしみ込んだパンが口の中でとろけた。底や縁の部分はカリッと香ばしく、濃厚なソースやチーズをブラックペッパーが引き締めている。

「……美味しいです。最高」

先生は「でしょう」と頷いた。

「オムレツも焼けました」

お皿がカウンターに置かれた瞬間、オムレツがふるんと震えた。中は間違いなくトロトロだ。焦げ色のない均一な黄色が鮮やかで、食べてしまうのがもったいない。

「失礼ですが何の『先生』なんですか」

気になったので聞いてみた。

溌剌（はつらつ）とした雰囲気だから小学校の教師。いや、でも真夜中の常連だから、小説家やマンガ家。世の中には様々な「先生」があるが、いずれにせよ忙しい仕事に違いない。

しかし、ふと思った。忙しくない仕事なんてあるのか、と。

みんな忙しくても、なんとかやりくりして乗り越えているのではないのか。

まぁ、私だってそうだ。

みんな頑張っている。私ばっかりと思うから、しんどくなる。どうしていつも自分中心に考えてしまうんだろう。

「何の『先生』でもいいじゃないですか。ここは昼間の自分に縛られない。だから居心地がいいでしょう？」

「……そうですね。せっかく朝食を楽しんでいるんですもんね」

「そうです」

先生はにっこり笑った。

「つぐみちゃん、コーヒーはいかが。美味しいブレンドを見つけたの」

堤さんが空になったビールのグラスを下げる。

「お願いします」

「千花ちゃん、僕もコーヒー」

「はいはい。先生はミルクたっぷりでしたね」

しばらくして、香ばしいコーヒーの香りが漂ってきた。こうなると今が朝で、本当に朝食を食べているような気分になる。その気分を楽しみながら、バターの風味たっぷりのオムレツを食べた。

「シェフ、どうやったらこんなにきれいなオムレツが焼けるんですか」

二度目に明良が泊まりに来た時、朝食にオムレツを焼いた。中までしっかり火が通ってしまっていた。でも、「美味しい」と食べてくれたっけ。

「卵液はよく混ぜて、一度濾すとキメが細かくなります。あとはたっぷりのバター。温度が高いとすぐに焼け色がついてしまいますから、途中、濡れ布巾などの上でフライパンの温度を下げます」

「やってみます」

今度明良が来たらと、考えてしまう。私も明良を喜ばせたいと思う。

新しいお客さんが来店し、堤さんが玄関に迎えにいった。女性たちの声が聞こえる。

「そういえばシェフ、ようやく秋冬メニューのデザートが決まりました」

「秋冬メニューって？」

コーヒーをすすりながら先生が訊ねる。

「私、ちょっとだけメニュー開発にも関わっていて。シェフに相談したんです」

「何に決まったんですか」

「プリンです」

「本当にプリンにしたんですか」

「そう。シンプルにプリン。メニュー開発の担当者と一緒に、創業当時からのデザートをすべて調べたんです。記念すべき最初のデザートメニューは、プリンとバニラアイスクリーム二品だけでした。それから少しずつ品数が増えたり、時には流行に乗ることもあったりして今に至るんですけど、プリンはかなりの頻度で登場しているんです。やっぱり人気があるんですよ。誰でも、味も材料もわかるじゃないですか。そういう安心できるデザートが『シリウス』では求められているんじゃないかと思って」

「なるほど」

先月、シェフにウフ・ア・ラ・ネージュをごちそうになった後、私は桃井さんに理由を話して一緒に古い資料を漁（あさ）った。

桃井さんは文句も言わず協力してくれた。私に押しつけたことを後になって無責任だったと反省していたらしい。

過去のメニューはデザートも料理も一緒に印刷されていた。創業当時からのメニューを振り返るのは、桃井さんにとってもよい刺激になったようだった。メニュー開発は、つねに何カ月も先のことを考えていなければならない。前へ前へと気ばかり焦って、後ろを振り返ることをすっかりおろそかにしていたそうだ。

歴代のメニューはアイディアの宝庫だった。近年のものは、桃井さんが考えたものが中心で、それ以前は大先輩たちが考えたメニューが連なっている。何度も登場するメニューは、人気があったということだ。私たちは懐かしいね、と言いながらメニューをめくった。二人とも興奮していた。

「でも、アップデートはしますよ。今回はカラメルソースにこだわったプリンです」

「なるほど。ビターにすれば大人向けにもなりますしね」

「ええ。できればプリンをそのままレギュラーにしたいんです。あとは季節を考慮して、モンブラン、木の実のパンケーキ、この三品に決まりました」

「日本には巡る季節があり、旬がある。私たちが食べるものは、記憶や経験と結びついていますから、季節が来れば食べたくなる。逆に料理で季節を感じることもある」

「そうなんです。『シリウス』はご家族で利用するお客さんも多いので、その都度思い出に残っているのかもしれないですよね」

そう。昔のメニューを見て、桃井さんと私は実感したのだ。

「ファミリーグリル・シリウス」。その「ファミリー」の部分を忘れてはいけないと。

「……でも、お店のスタッフの反応はどうかな。お店のスタッフって、新メニューが美味しそうかどうかより、簡単に提供できるかどうかで見るんです」

「ふうん」

先生は曖昧(あいまい)なあいづちを打ったが、同業者のシェフと堤さんには伝わったようだ。なにせ「シリウス」で料理を作るのはアルバイトばかりなのだから。

「できるだけ店舗の負担にならない盛り付けにしますけど、新しいメニュー自体、店舗にとっては負担なんです。それで注文が少ないと、また本社がロクでもないメニューを考えた、なんて言われる。たとえお客さんが美味しいと言ってくれても、本社にいる私たちの耳には入ってきません。だからいつも手探りです。これでいいのか、見当違いなことをしていないかって迷ってばかり。だから、新メニューが始まる時はいつも緊張します」

桃井さんも迷っている。迷って、迷って、困ったから、私に振った。

「僕は迷うのが好きですよ」

カウンターに頬杖(ほおづえ)を突き、先生が小さく笑った。

「先生も迷いますか？」

「迷ってばかりです。でも、迷いが許されない仕事をしている。実は僕の趣味は彷徨(ほうこう)なんです」

「彷徨？」

「そう。仕事を離れたところで思う存分迷う。これ、正真正銘、迷っているんですよ。時には知らない街を歩き回ることもありますから。不思議なんです。頭をからっぽにしたくてさまよっているはずなのに、何か色々と考えてしまっている。でも、そういう時こそ、迷っていたことの答えが見つかったりするんです」

「そういうものですか」

「結局、自分で考え続けないと、何も見えてこないということだと思います。当てもなくさまよっているつもりでも、いつの間にかどこかを目指している」

「たとえば?」

「ここ、『常夜灯』ですよ。ある夜、仕事を終えた僕はそのまま歩きはじめました。ちょっとうまくいかないことがあって、ムシャクシャしていたんです。どんどん歩きつづけている間に空腹に耐えられなくなった。何か食べようと思いました。どんな時でもお腹は減るんですよね。そうすると、ほら、目的ができる。それで見つけたのがここです。暗闇に浮かんだ看板の明かりに吸い寄せられたわけです」

「真夜中にさまよい歩いていたんですか」

「女性はマネしないでくださいね。でも、ここを見つけた時は、ようやく目的地にたどり着いたように思いました。救われたんです」

先生は目を細めた。暗い路地の先に浮かぶ「常夜灯」の明かりは、私も見るたびに

「そう。先生、フラフラって入ってきて、『ゴール』なんて言うんだもの。びっくりしちゃった」

「いつかは必ずたどり着くんです。その夜は、いつの間にかムシャクシャしていたことなんてすっかり忘れていました。迷いに迷って、時間がかかった時ほど、たどり着いた時の喜びは大きいですよ。パッと目の前が明るく開けます。本当ですよ」

「先生はいったい何回、ここに迷い込んだことかしら」

「最初の時だけですよ。二回目からは、ちゃんとここを目指してきました」

「いつの間にか、メニューの要望も増えていきましたね」

「ケイが甘やかすからよ」

堤さんが軽くにらむと、シェフは口元を緩めた。

「私も同じです。だからわかるんですよ。料理も試行錯誤する。迷う。あれこれ試す。また迷う。そうやってやっと最高の答えにたどり着いた時、それは経験として私の中に深く刻み込まれます」

「ですよね」

シェフと先生が目で通じ合っている。

私は迷うことから逃げてきたかもしれない。

迷いつづけるなど時間の無駄だと、深く考えるよりも直感で判断してきた。切り捨ててきた。じっくりと取り組むことを拒否してきたのだ。仕事も、人間関係も。でも、明良だけは別だ。それだけははっきりとわかる。切り捨てられない。捨てられたくない。そう、明良は特別な存在なのだ。

まだ付き合いはじめる前、立川で飲み、初めて明良のアパートに泊まった夜。私たちは色々な話をした。正直、私は疲れていた。お店と本社は違う。立川のベテラン店長と、明良と話しているうちに、無性に店舗が羨ましくなっていた。

営業部といっても飲食店の営業部とは名ばかりで、実際にお客さんを相手に営業しているのは店舗だ。今の仕事を雑用係としか思えなかったあの時の私に、明良は言った。「本社って、偉そうなオジサンばかりだと思っていたけど、同じ目線で見てくれる新田さんみたいな人がいて、すごく嬉しい」と。

実際に本社の年齢層は高く、女性もほとんどいない。それも話すと、また明良は言った。「ますます新田さんってすごい。頑張っているんだね。それが認められたから、俺とたいして年数も変わらないのに本社なんだね。ああ、俺も頑張らなきゃって、思った。なんか、ありがとう新田さん」明良の私を見つめる目が輝いていた。

はっきりわかった。明良は私に憧れてくれている。だから、私も頑張らなきゃ。その時、すっかり萎れていた心が、一気に水を吸い上げたように元気になった。明良の言葉で救われたのだ。

単純だ。でも、その単純で明快な答えを、私はずっと求めていた。本社スタッフは、どの店に行っても邪魔者扱いだったから。

ふっと、小さく笑いがこみ上げた。

憧れた存在に、愚痴ばかりこぼされたら、そりゃ、明良だって嫌になる。

今の私は、立ち止まって振り返り、これからのことを考えるしかないのだろう。

このタイミングで、桃井さんと過去のメニューを振り返ったのは、いい経験だった。

過去を振り返るよりも、新しいものを取り入れることばかり考えてきたけれど、これまでの大先輩たちだって、悩みに悩んで、今の「シリウス」を築きあげてきた。それをないがしろにしては先に進めない。本社に来ておよそ九年。仕事の仕方を何もわかっていなかったのかもしれない。

「おや、他にも迷っている人がいますよ」

私が物思いに耽っている間に、先生はすっかり料理を食べ終えて、後ろのテーブル席の会話に耳を傾けていたようだ。その他にも今は数組の客が座っている。

私たちの真後ろのテーブルには、先ほど入ってきた女性二人組が座っていた。

彼女たちにワインを注いで戻ってきた堤さんは、そっと唇の前に人差し指を立てた。

「夜のお店は色々とあるのよ」

その時、私にもはっきりと聞こえた。

「諦めなさいよ。絶対に後悔するんだから」

「後悔なんて、もうしているよ。諦められないから相談しているんじゃない」

声は抑えているが、半分くらいしか席の埋まっていない今夜の「常夜灯」では、どうしても耳に入ってくる。すべてが聞こえたわけではないが、察する。たぶん家庭のある人を好きになってしまったようだ。

そういうのは難しい。好きになろうと思って好きになるわけではないし、嫌いになる場合も同じ。たぶん私が三上店長と出会った新入社員の頃、たとえ彼がまだ野々宮さんと夫婦だったとしても、好きになってしまっていたと思う。ただ私は、一線だけは越えなかったと思うけど。

そして今も、こんな状態の明良とさえ、はっきりと結論を出す勇気はない。迷う。世の中は自分だけじゃない。相手がいるから難しい。相手の考えがわからないからうまくいかない。これでいいのかと迷うのだ。

恋愛も、仕事も同じ。きっと後ろにいる彼女も、結論なんて出せないだろうなと思う。でも、友人に話を聞いてもらって、少しは楽になるかもしれない。

「大丈夫かな」

先生が堤さんに小声で言う。

「大丈夫よ。だって、ちゃんとお料理を注文しているもの」

仕上がった料理を堤さんが運ぶと、会話はピタリと止まり、二人とも夢中で食べはじめる。聞こえてくるのは、美味(おい)しいという言葉のみ。

「おお」

先生が嬉しそうに言う。「料理って偉大ですね」

「美味しそうに食べていますけど、何を注文したんですか」

「トリップのカツレツと、砂肝のコンフィのサラダ」

「何だか、力強い感じ」

どちらも内臓料理だ。

「ね。きっと自分で何とかするわよ」

そもそも相談があるからといって、もとから食べる目的がなければ「常夜灯」を選ばない。確かに彼女なら大丈夫だろう。そして、息詰まるたびにここに来てしまう私もだ。しっかり食べようと思っている。食べたいと思える。

「先生、つぐみさん。お料理、次はどうしますか」

「クロワッサン」

「さすがにありません」

シェフは笑って先生のジョークをかわす。

「さっき堤さんが今夜のシェフはご機嫌だって言っていましたけど、何かあったんですか」

その笑顔を見て、ふと思い出した。

さっとシェフの表情が真顔になる。「いえ、別に」

「どうしてシェフの料理がこんなに美味しいかわかります？」

先生がにやにやしながら私に訊いた。

「大切な人を思って作っているって、この前、奈々子さんから聞いたような」

でも、大切な人って誰なのだろう。恋人なのか、奥さんなのか、それとも別の誰か。

シェフのプライベートなどまったく知らない。

「シェフ、大切な人ってどなたですか」

先生が調子に乗って訊ねた。いや、たぶん先生は知っている。楽しんでいる。

耳までほんのり赤らめたシェフに堤さんがすり寄った。

「ケイ、いいじゃない。素敵なことなんだから」

むっつり黙り込んだシェフに苦笑し、堤さんが教えてくれた。

「今日ね、お店にポストカードが届いたの。海外から」

「海外？」

「アメリカ。カリフォルニアの海岸。バカンスですって」

修業先のフランスかと思ったら違った。アメリカ。接点がわからない。常連客だろうか。それとも、シェフ仲間。シェフの年代なら、かつて一緒に働いた同僚たちが、世界中で活躍していそうな気もする。

「息子です」

これ以上耐えられないというようにシェフが答えた。

「息子さん。いたんですか」

「フランスに」

驚いた。いや、いても不思議はないけれど、やっぱり驚いた。意外、と言うべきか。しかもフランスときた。

「父親とバカンスに行ったそうです。ポストカードはサンディエゴからでした」

「父親とバカンスって、どういうことですか」

なんだか話がよくわからなくて、訊き返した。だって、息子の父親はシェフだろう。

「息子にはフランスに父親がいるんです。彼にとってはそちらが本当の父親です。でも、私にとっても息子なんです」

ますますわからない。

「シェフもフランスに行っている間に色々あったのよ」

「迷いに迷ったんでしょうね、きっと」

堤さんが言い、先生も言う。

でも、私は別のことが気になった。

「バツイチってことですか」

「バツではありません。そもそも結婚はしたことがありません」

どうやら二度目の渡仏から帰国する時、シェフはフランス人の恋人を置いてきたらしい。彼女が妊娠していたとわかったのは、数年後に、彼女からフランス人の男性と結婚したと知らされた時だ。同時に息子の存在も知った。

「色々あったおかげで、今があるのよね。ケイには彼の存在が大きな励みとなっているんだもの」

「おかげで僕たちは美味しいお料理が食べられる」

「それでね、つぐみちゃん」

堤さんが微笑む。

「そのポストカードに、なんて書いてあったと思う？」

「何だろう。シェフが上機嫌になるんですから、パパでしょうか」

「『親愛なる日本のお友達』よ。彼、小さい頃に一度、ここに来たことがあるの。でもね、彼自身はケイが父親だってことは知らないみたい。だって、フランスのパパがちゃんといるんだからね」

親愛なる日本のお友達。

なんだか、それを見て涙ぐむシェフの姿が想像できる。

「ね。素敵な話でしょ」

「はい」

お願いしても、シェフはポストカードを見せてくれなかった。大切なものは、大切にしまっておくそうだ。

「私の話はいいでしょう。お腹はもういいんですか」

「もう少し。あ、後ろのお客さんが食べていた、トリップのカツレツが気になりました。どんなお料理ですか」

後ろの女性たちが美味しい、美味しいと言っていた料理だ。カツレツ。元気が出そうだ。

今夜は食べすぎだけど、大丈夫。休日は走っている。八月は暑さに負けて休んでいたけど、この前の休日からまた走りはじめた。

「トリップは牛の胃袋です」

念のため、という感じでシェフが説明する。「ビストロの定番料理です。香ばしさと独特の食感が美味しい。ブルーチーズのソースがよく合います」

「トリップ、好きです。ねぇ、先生。トリップにしましょう」

「え、僕は」

慌てた先生に、シェフはにっこりと微笑んだ。

「先生も召し上がりますよね。忙しいお仕事なんですから、朝食メニューばかりではなく、たまには肉料理も召し上がってください。内臓はいいですよ。肉と同じくらい、いや、それ以上に栄養価が高いんです」

先生はきっと内臓料理が苦手なのだ。シェフもそれを知っている。楽しんでいる。ついさっきの先生とシェフのやり取りを思い出し、私は吹き出した。

「いいです。私、一人で食べますから。だって、美味しそうじゃないですか」

「もう。先生も食べてみればいいのにねぇ。本当に美味しいんだから。ブルーチーズのピリッとしたソースがよく合うのよ」

堤さんに言われ、先生はきっと顔を上げた。

「いや、僕もいただきます。つぐみちゃん、シェアしましょう」

何だ、この反応。とんだ負けず嫌いだ。でも、面白い。

明良とも、こんなふうに過ごせたらいいのに、と思ってしまう。

しばらくして、出てきたカツレツを先生とシェアした。サクッとした衣と、プリッとしたトリップが美味しかった。トリップ自体は意外と淡白なので、ちょっぴり刺激的なブルーチーズのソースとよく合った。

先生は朝食メニューを食べていた時の快活さをすっかり失い、恐る恐るカツレツを食べていた。もしかしたら、ブルーチーズも苦手なのかもしれない。でも、「美味しいですね」と少し頬を引きつらせて笑っていた。

食べ終えてからスマホを見る。今夜は終電で帰るつもりだった。ワインを我慢して食事に集中したせいか、思ったよりも時間が経っていない。

明日（あした）の会議のために、少しは寝ておきたかった。そうそうタクシーばかり使えない。

今夜はもう十分満たされた。シャワーを浴びたらすぐに眠れるだろう。

明日が会議だと話していたせいか、いつもよりもずっと早いのに堤さんも引き止めない。

先生に「ではまた」と言うと、先生は「よい彷徨（ほうこう）を」と笑った。

「嫌だな。そんなにさまよってばかりいられませんよ。でも、そうだな。迷うべき時は、しっかり迷って、結論を出します」

「結構。僕も、今夜はつぐみちゃんのおかげで新しい冒険ができました」と、空になったカツレツの皿を示した。

「シェフ、今夜もごちそうさまでした」

「いつもありがとうございます」

シェフの顔を見て、立ち止まった。

「ええと、シェフ」

気になっていたから、ズバリと訊いてしまう。

「シェフがフランスに残してきた彼女って、もしかして年上でしたか？」

シェフの顔が再び紅潮した。間違いなく年上だ。

「どうしてそんなことが気になるんですか」

「シェフは年上の女性に好かれそうだなって、そう思っただけです」

真っ赤なシェフを残して、堤さんと玄関に向かった。

テーブル席の女性客は、今度は大きな肉の塊を切り分けていた。食事に集中している姿に、私の口元に自然と笑みが浮かぶ。

悩み、迷ってばかりでは疲れてしまう。元気の素を取り入れなくてはならないのだ。

堤さんと手を振って別れ、私は坂道を下りはじめた。

「常夜灯」からの帰り道は、いつもお腹と心が温かく満たされている。

今の自分ならなんでもできそうな気がしてくる。

明日は店長会議。全店の店長が集まってくる。

みもざだけでなく、他の担当店舗の店長とも話をしてみようか。なかなか巡回に行けないから、いい機会かもしれない。

立川店の仙北谷店長も来る。以前は担当だったのだから、少し状況を訊いてみるのもいいかもしれない。もちろん、そうできそうだったら。

でも、まずは真っ先にみもざに「常夜灯」に行ったことを報告しよう。きっと羨ましがるに違いない。

「常夜灯」に行くたび、私は何かを脱ぎ落として、体が軽くなっていく。

第四話　秋の夜長の煮込み料理

たっぷりキノコの煮込みハンバーグ。

ビーフステーキ　和風シャンピニオンソース。

とろけるチーズのハンバーグドリア。

チキンとカボチャのスープスパゲッティ。

それからデザートが三種類。プリンとモンブラン、木の実のパンケーキの写真が、料理よりもやや小さめのカットで並んでいる。

できたばかりのメニューが、天井の照明を受けてツヤツヤと輝いている。

カメラマンとデザイナーのテクニックで、シズル感たっぷりの仕上がりだ。しっかり校正したから、メニュー表記や価格にも間違いない。自然と顔がほころんだ。

十月十日から投入される季節のフェアメニューである。

それぞれの店舗で、グランドメニューの上に置かれるフェアメニューが、ようやく今日、本社に納品されたのだ。

毎回のこととはいえ、自分が携わったメニューが完成するのは嬉しいもので、梱包された包みを見ると安堵と満足感に包まれる。

しかし、まだ終わりではない。これを明日中に全店に届くよう、仕分けと発送の作業が待っている。もうすでにお昼を過ぎている。運送会社の集荷の時間に間に合うよう、作業を終えなければならない。

クリスマスメニューのように大掛かりなイベントは余裕を持って予定を組むけれど、季節ごとのメニューの入れ替えは毎回かなりギリギリのスケジュールとなる。

というのも、たいていは既存メニューのアレンジが基本となっているため、特別な食材を業者に発注する必要はほとんどなく、デザイン会社にメニューを依頼するほかは、社内の調整で何とかなってしまうからだ。そのため、つねに日常業務に追われている桃井さんや工場長は、つい後回しにしてしまう。

そのツケが私に回ってくる。デザイン会社とのやりとりはそれなりに時間がかかる。

それに、今はどこの飲食店でもメニューには英文表記も必須だから、料理名が決まれば英訳も依頼しなければならない。簡単そうな料理名でも依頼する。こういうのはプロに任せたほうがいいのだ。そういうわけで、印刷所から刷り上がったメニューが納品されるのは毎回ギリギリになる。

さて、やるか。

私はシャツの袖をまくり上げて、仕分け作業を始めた。

「シリウス」は店舗によって規模が違い、テーブル数もバラバラだ。必要となるメニュー部数が違うため、店舗の一覧表を見ながらメニューを数える。

配送の依頼をすれば、ようやく秋冬のフェアメニューから手が離れる。ここまでくれば、あともうひと頑張りだった。

二日後。いよいよフェアメニューのスタートの日になった。

自分の担当店舗には昨夜のうちに電話をかけて、無事にメニューが届いているか確認している。

浅草雷門通り店へかけた電話に出たのは、店長のみもざだった。

メニューは午前中に届いており、今夜のうちに各テーブルにセットする予定だという。朝の開店準備はなにかと慌ただしい。さすがみもざだと感心した。

だから、自分の担当店舗に限らず、どこもそういうものだと思ってしまった。

その上、みもざはこんなことまで言ってくれた。

『今回も美味しそうだね。デザインも温かみがあって、秋っぽい』

これまで何度もメニューを作ってきたが、そんなことを言ってくれる店舗はどこにもなかった。あったとすれば、店舗ではなく明良だ。

私は目を閉じた。余計なことは考えない。浮かんでくる思考をシャットアウトし、パソコンのモニターと向かい合う。

さぁ、いよいよ初日。フェアメニューはどれだけ売れるだろうか。

ポスレジのおかげで、各店の販売数はその日のうちに把握できる。分析には役立つが、開発に関わった者にとっては楽しみでもあり、怖くもあった。桃井さんも朝からソワソワと落ち着きがない。

ふっと名案が浮かんだ。

今夜、浅草雷門通り店に行ってみようか。

特に急ぎの仕事はない。午後に社外の相手と打ち合わせの予定があるが、長くても二時間はかからないはずだ。その後、よけいな仕事さえ舞い込まなければ、いつもよりずっと早く会社を出られる。

久しぶりの店舗巡回。

ほとんど本社から動けない私には、めったにできない店舗巡回。

同じ立場なのは桃井さんも同じで、私たちは特に問題のない店舗の担当を任されている。

問題がないとは、店長やスタッフ同士の関係が円満で、売上が安定している店のことだ。だから、ますます店舗に行かなくなってしまう。店長に任せきりになる。

これが、つねに人員不足だったり、売上の下降傾向が続いていたりする店舗ならば、問題アリとみなされて、担当の営業部員はその店にかかりきりになる。

人員不足の場合はそれが解消されるまでヘルプに行く場合もあるし、売上の減少要因を探すため近隣を調査したり、スタッフの接客レベルや、料理がレシピ通り調理されているかをチェックしたりと、毎日のようにその店舗に通わなければならない。今の私にはとうてい無理だ。

エリアマネージャーともいうべき仕事をほぼ専任にしているのが、店長経験者の三浦さんと中園さんである。

今回、浅草雷門通り店にフェアメニューの視察に行こうと思ったのは、もちろん店長がみもざだからだ。みもざなら、忌憚なく感想や手ごたえを聞かせてくれるに違いない。それに、店長として働くみもざの姿を見てみたいとも思っていた。

どうお客さんと接し、どんなふうにアルバイトを動かすのだろう。

浅草店に入ったら、そ知らぬふりをして、テーブルに案内してもらう。お客さんの気持ちになってメニューを眺め、実際に料理を注文する。そして料理を待つ間、店内の様子を観察するのだ。料理の提供時間や、盛り付けも確認する。そうだ、プリンも食べてみなくては。みもざは、いつ私の存在に気づくだろうか。案内係がみもざだったら、その時は仕方がない。

みもざの店を訪れる自分をイメージしているうちに、だんだん興奮してきた。

仕事中の興奮。すなわちやる気だ。今日は最後まで頑張れる。私は調子よくキーボードを叩きつづけた。まずはメールの返信をさっさと終わらせ、午後の打ち合わせの準備をする。何も難しいことはない。電話などかかってくるなよ。そう思ったのがまずかったかもしれない。

五分と経たずに外線のランプが点滅した。まだ午前十時前。業者さんだろうか。店舗はまだ営業前で、さすがにこの時間にクレームはないはずだ。

「おはようございます。株式会社オオイヌ本社でございます」

『立川店の瀬戸です』

一瞬の沈黙。

明良だった。昇格試験の勉強をしていると知らされてから、声を聞くのは初めてだった。

急に心拍数が上がり、受話器を握る手のひらが汗ばむ。しかし、気持ちを抑える。

たぶん明良も電話に出たのが私だと気づいている。

立川店で何か問題が起きたのかもしれない。

仕事以外の会話は必要ない。そう思った時だ。

『今日からのフェアのメニューが届いていないんですけど』

「えっ」

嘘でしょ？

電話であることも、相手が明良であることも忘れて声を上げた。チラッと営業部長が私を見た。気づかないふりをする。

私の失態であるはずがない。デスクに保管していた宅配便の伝票を急いで確認する。あった。確かに立川店にも発送している。受話器を肩に挟んでパソコンに追跡番号を入力してみるが、配達済みになっている。

「一昨日（おととい）発送して、昨日お店に着いたことになっていますけど、本当にありませんか」

どうして昨夜のうちに確認しなかったのか。喉元（のどもと）まで出かかった言葉をかろうじて呑（の）み込む。怒鳴ってしまいそうだったからだ。

少し間があく。データ上は配達済み。でも明良は私を疑っている。そんな間だった。

『俺、昨日は休みだったので届いたかわかりません。店長にも連絡がつきません。事務所やレジ回り、心当たりの場所は全部探しましたが、どこにもありません。やっぱり届いていないのだと思います』

探してもないものはない。だからやっぱり届いていない。そう結論づけたということだ。

店長との引き継ぎが為されていないのも最悪だ。今日から新しいメニューが始まることは、ずっと以前から知らせてある。前々から気になっていた問題、仙北谷店長と明良の関係の悪さを、ここではっきりと私も思い知る。

先月、会議の時にそれとなく立川店の仙北谷店長を意識した。

でも、話しかけることはできなかった。これといった用事もない。やっぱり先輩社員にはそう気易く声を掛けられなかった。仙北谷店長は、ただそこに座っている多くの店長の中の一人だった。

「店長、今日は休みなんですか」

『そうです。俺とバイトだけです』

たいていの「シリウス」は社員二人体制だ。もしも週に二日休みを回そうと思えば、どうしたって社員同士はすれ違う。もっとも、社員がどちらも週休二日を実践している店舗などほとんどないが。

「今から行きます」

『え』

「今からそちらにメニューを届けます」

メニューがないのは困るのだ。ホームページ上でも、今日から秋冬のフェアが始まることを告知している。全店でいっせいにスタートできなければまずい。

もしも明良がホールにいれば、お客さんに口頭でフェアメニューをお勧めすることも可能かもしれないが、今はキッチン専属にされている。始まったばかりの料理をバイトに任せるわけにはいかないだろう。

『来てくれるんですか』

「行きます。メニューがないと困るでしょう。メニュー以外は大丈夫ですね？　フェアで使う食材はちゃんと確認していますか」

『食材は大丈夫です。三日前には納品されていて、ひととおり試作しています』

さすが明良だ。

立川店担当の三浦さんは休みだった。こういう日にいない。何の用事もない時に店舗を巡回するくせに、どうしてフェア初日の店舗を見ようとしないのか。

私が行くしかない。メニューツール担当としての責任もある。

「今から出るので、オープンの時間には少し遅れてしまうかもしれません。開店直後のお客さんは少ないと思いますが、もしもいらっしゃったら、口頭でおすすめしてください」

『はい』

「だから安心して、いつもどおりオープンの準備を進めてください」

話しながら出かける準備をする。パソコンの電源を落とし、デスクの上のスマホをバッグに入れた。

電話を切ると、過去のメニューが保管されている棚に向かった。以前、桃井さんと漁(あさ)った棚だ。手前には他の資料や余ったメニューが入った段ボールが積まれている。その上に、今回のメニューの残りも置かれていた。後できちんと整理しようと思い、私が置いたのだ。

つい先日、各店に送る分を抜き取った包みはすっかり薄っぺらい。何年も仕事をしてきた私はわかる。残量は毎回同じ。だから、やっぱり立川店にも送っている。

私は包みごと紙袋に突っ込んだ。数えている時間はない。保管用には、デザイン会社から見本でもらったものがある。

少し迷ったが、コートは置いていくことにした。十月とはいえ今朝は暖かかった。邪魔になるだけだ。壁に掛けられたスケジュール表の自分の欄に「立川」と書いた。

「メニューを届けてきます」

それだけ言うと、振り返らずに本社を飛び出した。

神保町の「株式会社オオイヌ」本社から立川まで。

距離にするとかなり遠いが、東京の鉄道網は発達している。都心と立川を結ぶ中央線には中央特快という、快速電車よりもさらに通過駅の多い便利なものがある。うまくそれに乗れれば、かなり時間を短縮できる。

東京駅に出るより地下鉄で新宿に出たほうが早い。直感で体が動く。

私の住まいは都営新宿線の森下駅に近く、明良のアパートは中央線の西国分寺駅が最寄り。私たちは何度もこの経路で行き来した。待ち合わせは新宿駅の南口が多かった。

それにしても、都営線の新宿駅は地下深すぎる。ＪＲとの乗り換えにかなりの高低差があり、距離も離れている。私は長いエスカレーターを駆け上る。危ないことはわかっているけれど、立ち止まっている場合ではない。

ようやく地下鉄の改札を出た。平日でも都心のターミナル駅は人が多い。それも知っていた。でも、急がなくてはならない。

ＪＲの南口に行くには、もういくつかエスカレーターを上らなくてはならない。ぎゅうぎゅうに混んでいる。ためらわず横の階段を駆け上る。

休日だけとはいえ、早朝のランニングをしていてよかった。そうでなければ、こんなに走れない。

パンプスの中で足が滑る。何度も踵（かかと）が浮いて脱げそうになる。

午後からの打ち合わせのため、いつもよりヒールの高い靴を履いてきてしまったことを後悔した。でも、全力疾走したおかげで、ちょうどホームに停車していた電車に滑り込むことができた。青梅特快。ついている。

車内はそこそこ混んでいて、息を切らせた自分が恥ずかしかった。秋らしい装いの人が目立つ中、そっとハンカチで首筋の汗を拭った。

久しぶりに、とてつもなく久しぶりに明良と会うというのに、ボロボロだ。

スマホで時間を確認した。十時四十分。やっぱりオープンには間に合わない。

でも、もうどうしようもない。

全力は尽くした。後は電車に運ばれるだけだ。

つり革につかまって目を閉じていたら、いつの間にか眠っていた。

停車駅は少ないけれど、それでも都心と立川。特快でも三十分近くかかる。

ショートスリーパーな私は、目を閉じればどこでも眠れる。わりと深く。

そのおかげで、こんな生活をしていても、ギリギリ体を壊さずにいられるのだと思う。でも、深い眠りはあっという間に朝がくる感覚で、もっと眠っていたかったな、といつも思う。眠っていれば、たぶん色んなことを考えなくてすむ。

パンプスの中で踵がうずいた。全力疾走のせいで靴擦れができてしまったようだ。

絆創膏の入ったポーチは会社のロッカーに置いてきてしまった。メイク道具ごとだ。帰るまで汗で崩れたメイクを直すこともできない。急に心細い気分になる。

しかし、こんなものだ。店舗の雑用係のような地味な本社勤務。メイクが崩れたからと、気にしている場合ではない。

やけくそのような気持ちで扉の前に立った。

間もなく立川。役割を果たすだけだ。

何だか急にふっきれた。久しぶりに全力疾走したからかもしれない。

朝のランニングでは、ここまで全力を出さない。周りのランナーや、犬の散歩をするお年寄りに合わせる。のんびりとした朝の隅田川テラスの風景になじむように、気持ちよく走る。そういう役割をなんとなく果たしている。走るのはただの自己満足だ。

何も期待しないから、気楽に楽しめる。

そう、すべては役割を果たすだけ。

余計なことを期待するからがっかりする。

扉が開く。もうひとふんばりだ。

改札を出ると、駅直結の商業施設に入り、七階のレストランフロアを目指した。

今度はさすがにエレベーターを使うことにした。回遊性を重視したファッションビルのエスカレーターはまどろっこしい。

エレベーターを探し、走る。また汗をかく。でも、もう気にしない。踵の痛みも我慢する。β－エンドルフィンが出ている。少しハイになる。ランニングと同じだ。

神保町店にいた頃、広い店内をどんなに歩き回っても、仕事の後には疲れよりも充実感があったことを唐突に思い出した。

単に若かったからではない。三上店長がそばにいたからでもない。

こういうことだったのだ。つねに全力で動いていた。働いていた。今も全力で働いている。あの頃よりもっと大きな責任を抱えている。やっている仕事の種類も違う。あの頃と同じやりがいなど感じられるわけがない。本社で得られるやりがいに、まだ本当に気づけていないのだ。

エレベーターを待つ間、そんなことを考えた。エスカレーターにすればよかったかもしれないと思ったけれど、乗ってしまえば間違いなくエレベーターのほうが早い。

本当に私はせっかちだ。結果よりも目先のことに囚われる。

おっとりとした明良は、きっと冷静に私のことを見ていたんだろうと思う。

エレベーターには、私のほかに五人ほど乗り込んだ。

レストランフロアのボタンを押そうとすると、私よりも先に年配の女性が指を伸ばした。少し早めのランチをどこで食べようかと、連れの女性と相談している。つい聞き耳を立て、「シリウス」の名が出ることを祈った。

私、「ファミリーグリル・シリウス」の者なんです。ハンバーグいかがですか。

などと、喉元まで出かかった。

言わなくてよかった。

「ここって、ロクな洋食店がないのよね。前はあのハンバーグのお店、よく行ったんだけど、最近、どうも雰囲気がね」

「それは嫌ね。じゃあ、中華はどう？　酸辣湯麺にしようかな」

「いいね、中華。辛い料理、食べたいかも」

ダメじゃん、シリウス……。

何をやっているんだろうと思う。店舗も、そして担当の三浦さんも。

では、どうダメなのか。

私が担当していたのは、三年前。仙北谷店長に替わるまでだ。

毎朝、経理部が送ってくれる売上速報を見ているが、売上はその頃とほとんど変わっていない。すごく良くもないけど、悪くもない。もっとも駅直結のビルは、それだけで集客力がある。ただ、さっきの女性の話だと、昔の常連さんが離れてしまった可能性はある。

ようやく「シリウス」の入口に立った私は愕然とした。

店頭のメニューボードに掛けられたプレートが「CLOSE」になっていた。

時刻は午前十一時十五分。オープンしてからすでに十五分も経過している。

店内を覗く。お客さんは当然おらず、アルバイトの女の子が二人、レジの前でゲラゲラ笑っていた。話に夢中で私には気づかない。

「プレート、『CLOSE』になってますけど」

仕方なく、言った。

二人はハッとこちらを向き、明るい髪色のボブヘアが「いらっしゃいませぇ」と声をあげた。もう一人の黒髪清楚系がそそくさと入口に向かい、プレートを直している。

なんだ、この店は。

「メニューを届けに来たの。今日から新しいフェアだって聞いているでしょう」

紙袋からメニューを取り出す。

ボブヘアはサラッサラの髪を揺らしながら首を傾げる。

「そういえば、明良クンが言っていた気がする」

「明良クン」の部分は聞き流す。それ以上に問題がありすぎる。

今日からのメニューだというのに、まったく慌てる様子がない。

私はサラサラボブではなく、黒髪清楚系にメニューを差し出した。

「早くテーブルに並べて」

「はあい」

黒髪清楚系はふてくされたようにメニューを受け取り、のんびりとテーブルに置きはじめた。置く、なんてものじゃない。ポイポイと放っていくだけ。

頭に血が上る。でも、この子たちに注意しても、きっとうるさいオバサンくらいにしか思われない。

「社員の瀬戸くん、呼んでもらえる？」

自分のものとは思えない低い声になった。

お客さんがいないのだから、手が離せないということはないだろう。

さすがに、ズカズカとキッチンに入るのもためらわれ、サラサラボブに頼んだ。

バックヤードにサラサラボブが消える。

「明良クン、本社の人、来たよ。メニュー届けに来たって、何だか偉そう」

舌足らずな高い声は私にまでハッキリ聞こえた。

偉そうになどしていない。当たり前のことを言っただけだ。そして、この子たちよりも一回りくらい年上なだけ。

みじめだった。一生懸命やっても、お店の人たちには何も伝わらない。

ここに来る時に感じた充足感は、あっという間に消え失せた。

桃井さんが頭を悩ませてやっと決まったフェアの料理。工場長が細部までこだわって盛り付けた撮影用の料理。何度もデザイン会社とやり取りして、私が完成させた差し込みメニュー。

一昨日、メニューの各店への発送を終えたことを報告した私に、桃井さんは「おつかれさん」と言ってくれた。その時の笑顔。きっと私の報告は、彼にとっても仕事の一区切りとなる嬉しいものだったはずだ。

虚しさを通り越して、むしろ「無」だ。自分の顔から表情が消えているのがわかる。

でも、明良に会える。久しぶりだから、こんな時でも緊張した。

ようやく明良が出てきた。

キッチン用のエプロンを着けた姿に目が釘付けになる。

後ろでサラサラボブが黒髪清楚系に、昨日届くはずだったメニューが届いていなかったことを説明していた。たとえ小声でも、彼女たちの高い声はお客さんのいない店内によく通る。

「でも、それって本社のミスじゃん」

「届けるのが当たり前なのに、偉そうにすんなっつーの」

明良にもはっきりと聞こえたはずで、バツが悪そうに私に頭を下げる。顔を上げても、目を合わせようとしない。

「忙しいのにわざわざごめん。ありがとう、助かった」

「仕事だから」

それに、明良が困っていると思ったからだ。

「でも、本当にメニューはどこにいっちゃったのかな。帰ったら、運送業者に問い合わせてみる」

問い合わせじゃすまない。クレームだ。心の中ではそう思っていた。

久しぶりに会った明良は、すっかり雰囲気が変わっていた。

かなり痩せた。そのせいか老けて見える。髪の毛にツヤがない。頬はこけ、ただの疲れたオジサンだ。私よりも若いのに。信じられなかった。

やっぱり、と思う。前もこんなことがあった。だから心配していたのに。

明良はずっと目を伏せている。まじまじと見られたくないのだとわかる。

ずっと声を聞きたかったけれど、私からしつこく電話をして、会いたいとか、電話が欲しいとか、そんなことをくり返さないでよかったと心から思った。

バイトの二人は、お客さんがいないのをいいことに、またおしゃべりに夢中だ。

ここは雰囲気が悪すぎる。明良の浮気を疑ったこともあったけれど、絶対にそんなことはないと確信する。だって、浮気にせよ好きな人がいれば、こんなに疲れた暗い顔をしているはずがない。

もしもここに誰もいなければ、私は明良を抱きしめていたかもしれない。

明良は何も言わない。私のほうも見ない。

こんな店の惨状を見られて、情けないのだろう。

こんなに疲弊しても何もできなかった自分が悔しいのだろう。

以前の立川店とはあまりにも変わってしまった。本社の勝手な人事で仙北谷店長が来てからだ。そりゃ、私と距離を置くのもわかる。マネジメントを学び、昇格試験を受けたいと明良が言ったことにも納得がいく。

向き合ったまま、しばらく沈黙が続いた。

何を言っても明良の自尊心を傷つけてしまいそうで、怖くて言葉を選べなかった。

ようやく二組ほど続けて来店があり、サラサラボブが「いらっしゃいませぇ」と間延びした声をあげた。不本意ながらその声に救われる。

「シリウス」は、どの店もバイトの比率がおよそ九割。社員にはバイトを教育する義務がある。ただでさえ少ない社員で、店の運営からスタッフの管理までこなすのは大変だ。でも、どの店もやっている。そう思っていた。

明良がホールをまとめていた時は、アルバイトの教育も行き届いていた。面接も明良が行い、しっかりと「シリウス」のルールを教えていた。

「……今はキッチンが中心なんでしょ？」

「ホールに口を出すと、店長がうるさいから」

店長がバイトを管理できないなら、同じ社員である明良にも責任はある。

しかし。

「痩せたね」

「痩せたかな」

サラサラボブがお客さんの注文を取っている。そろそろ明良は、キッチンに戻らなければならない。だから、先に言った。

「私、帰らないと」

離れがたいけれど、こんな明良は痛々しくて見ていられない。

「せっかく来たんだから、試食も兼ねて、フェアのハンバーグ、食べていけば？　俺が焼くよ」

明良が焼いたハンバーグは食べたことがない。

そもそも私は、ホールでニコニコ笑っている明良しか知らない。

でも。

「午後から打ち合わせがあるし、本当に忙しいの」

明良もそれ以上引き止めなかった。

東京行きの中央線快速は座ることができた。

少し待てば特快が来たけれど、座れるほうを選んだ。

打ち合わせは三時からだから、まだ余裕はある。けれど早く本社に戻れるなら、そのほうがいいのはわかっていた。今日の午前中を使って、打ち合わせの準備をするつもりだったのに、何もできていない。少しでも資料に目を通したほうがいいとわかっているのに、どうしても座りたかった。

疲れ切っていた。

色々なことに。

メニューが届いていないと言われ、全力でそれを届けたことはもういい。

それよりも、立川店の状況だ。仙北谷さんという女性店長の問題、社員同士の関係。今日のシフトがたまたまかもしれないが、あのアルバイトはあり得ない。

私が担当だった頃は、平日の昼間は主婦のしっかりしたパートさんが何人もいた。彼女たちはそろって働きやすい職場だと言ってくれていた。大学生もたくさんいた。明るくて親切だった。明良がちゃんと目を行き届かせていたからだ。

立川を担当する三浦さんは何も言わないのだろうか。そもそもこの状況に気付いているのか。

急に不安になった。

私の担当店舗は大丈夫だろうか。

しっかり者のみもざや、三上店長ばかり見ているから、安心しきっていた。

どうして本社にクレームの電話が多いのかも、わかった気がする。お客さんの言い分を聞きながら、なぜお店で直接言わないのだろうと思っていた。わざわざ本社に言いつけるなんて、性格が悪い人だな、とまで考えてしまっていた。でも違う。あんな状態のお店では文句を言う気にもならない。文句を言ったところで無駄だと思ってしまうに違いない。

各店舗に配属されている社員はだいたい二人。神保町店のように大きい店はもう少し多い。ただでさえ長い勤務時間で疲れているのに、店のスタッフに課せられるものが重すぎる。本来、それをサポートするのが営業部であり、各店の担当なのだ。でも、私たちもそれ以外の仕事に忙殺されている。

明良の姿が目に焼きついている。

疲れ切っていた。弱々しかった。覇気がまったく感じられなかった。

いつから立川店がああなってしまったのかは、わからない。けれど、店長に阻まれながらも、明良は何とかしようとしていたに違いない。

私が思っていた以上に、ずっと明良は思い悩んでいた。

兆候はあった。仙北谷店長に替わってから、何度もあったのだ。

その頃、営業部にも三浦さんたちが加わり、早見先輩もいなくなって、私のほうも大変だった。担当エリアも変わった。私は中央線沿線から、早見先輩が担当していた神奈川方面の店舗を任された。正直なところ、三浦さんに取り上げられた、と思った。

これで明良と会う回数は格段に減ってしまう。担当店舗数は少なくなったが、鎌倉（かまくら）とか、大船（おおふな）とか、遠い店舗ばかりだった。おまけにやったことがなかったメニューツールまで作成することになり、半ばパニックになりながら必死に目の前のことをこなしていた。

つまり、とても終電を使ってまで明良との間を行き来できる状況ではなかった。

ああ、きっと余裕がない、と先に言ったのは私だったのだ。

私はいつだって自分中心だった。明良は優しい。私の負担にならないよう、無理を言わず、私のことを気遣ってくれていた。でも、まったく同じ頃、店長が替わった明良も思い悩んでいたのだ。だって、あの時も久しぶりに会った明良は痩せていた。そして、珍しく自分のことを話したではないか。

「俺、キッチン専属みたいになっちゃった」

元気がなかった。それまでずっとホールだったのだ。慣れないキッチンの仕事に苦労する姿が目に浮かんだ。でも、それが仕事だ。そもそも「シリウス」の社員は、キッチンとホール、どちらもこなすのが当たり前なのだ。仙北谷店長の前の店長が引き受けてくれていたポジションが、明良になっただけ。だから私は言ってしまった。

「仕事なんだから仕方ないよ」

「うん」

「私なんて、神保町店からいきなり本社だったんだよ」

その上、女性活躍に関わる社内の大異動のおかげで、いきなり煩雑になった自分の仕事に腹を立てていた。

「……うん」

「でも、向き、不向きはあるからね。不満があるなら店長と話し合うしかないよ。それは、お店の問題だから」

あの時、私を見ていた明良の目は、だんだん私から逸(そ)れていった。最後は下を向いていた。当たり前だ。私は完全に明良を突き放した。

間違ったことは言っていない。だって、私はそうやってきた。私にはそれができた。でも、明良を大切に思う「彼女」の言葉ではなかった。優しさがまったくない。

明良から言葉を奪ってきたのは私だ。でも、明良はあの時のまま頑張ってきたのだと思う。本社の私が頑張りつづけるように、自分も頑張らねばと。

ずっと会えていなかったのは勉強のためだけでなく、いよいよ明良にも限界が来ていたということではないのか。その結果が今日見た明良だ。

車内の冷房が寒い。

すっかり汗は引いたけれど、一度濡(ぬ)れて乾いたシャツが気持ち悪い。

踵(かかと)の靴擦れがジクジク痛む。お腹も減った。

でも、やっぱり立川でハンバーグを食べてこなくてよかった。

それだけは間違いない。

届けものの報酬にハンバーグを食べさせてもらい、「ごちそうさま」と、仕方なくでもあのバイトの子たちに言って店を出るのはプライドが許さない。

本社に戻ったのは午後一時半だった。

中央線を下りてからも急がなかった。急ぐ気力もなくて、打ち合わせに間に合えばいいやと思った。準備はできる範囲でやればいい。

ロッカー室に直行し、ごわついたシャツを着替えた。

替えの服は、下着まですべてロッカーに入れている。これまで、残業で終電を逃すことが何度もあった。タクシーを使うこともあれば、ネットカフェ、ファミレス、ホテル、銭湯、近隣のいろんな場所を活用した。常備している着替えは、明良と急に会えることになった時も役立った。

破れたストッキングは捨てて、靴擦れには絆創膏を重ねてしっかりと貼り付ける。

ロッカーにはブロックタイプの栄養補助食品もストックしてあるので、それも一箱持ってデスクに戻った。

席に着くと、営業部長が言った。

「どうだろうねぇ、フェアメニューの売れ行きは。ランチタイムが終わったら、ひとおりヒアリングしてみてよ」

桃井さんと中園さんが少し身を竦める。言われたからにはやらなくてはいけない。今日休みの三浦さんの担当店舗は、私がやらなくてはならないだろうか。

部長は売上規模のもっとも大きい神保町店を担当している。

さっそく受話器を取る。この時間の神保町店なら、まだランチタイムを引きずって忙しいはずだけど、営業部長からの電話は誰もないがしろにできない。

「部長です」

堂々と名乗る。

「今日はどう。店長は今、忙しい？　電話、代わってもらえる？」

あんなふうに店舗に電話ができる部長が羨ましい。私はいつも店が落ち着いた時間を待って、限りなく低姿勢に用件を切り出す。

「あ、三上店長。今日も好調なようだね。どう、フェアメニュー。おお、そうか」

ご満悦な様子を見れば、ランチタイムは大盛況、フェアメニューの注文もかなりのようだ。

フェアの料理は通常のメニューよりも価格設定を高めにしているので、それが多く出たということは客単価も上がり、客数が同じならば売上が大きくなる。

上機嫌で受話器を置いた部長は、私に言った。

「神保町店はハンバーグ、ドリアの注文のおよそ八割が、フェアメニューのものだったそうだ。お客さんも美味しいと喜んでくれているらしい。今日の売上を見るのが楽しみだな」

私に言ったということは、私に取りまとめて報告しろということだ。

打ち合わせのための資料をめくっていた指が止まる。

デスクに置いていたミネラルウォーターのボトルを取り、ごくごくと飲む。

食べたいわけではないけれど、栄養補助食品をかじる。もそもそするから、またミネラルウォーターを飲み、ふうと息をつく。

わずかなお腹の足しにはなるけれど、これでは満たされない。お腹も、心も。

でも、打ち合わせの最中にお腹が鳴るのは嫌だから、もう一本食べる。

数時間前は、今夜は早めに仕事を切り上げて、みもざの店に行こうと考えていた。

楽しみにしていたのに、もうすっかりその気力がなくなっている。

資料をめくる。あまり頭に入ってこない。

打ち合わせは、店舗のクリスマス装飾に関するものだ。

もう十月。最近はハロウィンが終わると、装飾をクリスマスに切り替えるところが多い。今日の打ち合わせは二回目とはいえ、この時期では遅いくらいだ。

でも、そうお金をかけるわけではないウチの会社は後回しにされる。

クリスマスは一大イベントだ。どの企業にとっても稼ぎ時だから、さらに稼げるようにと、どこもお金をかける。装飾やイルミネーションの業者さんも大忙しだ。

お客さんは雰囲気のよい店を選ぶ。

お客さんに選んでもらえなければ、せっかく用意したクリスマスメニューも意味がない。

そのための装飾。

毎年のことだから、各店で使うクリスマスツリーやリース、ガーランドはもう何年も使いまわしている。普段は本郷の会社の倉庫に保管してあって、クリスマスの時期だけ店舗に送って設置する。

今日の打ち合わせは、大規模な装飾をする店舗についてのものだ。ほとんど社長の見栄なのだが、本社に近い神保町店と、都心の数店舗で毎年新たな装飾を追加する。

どういうものにするかは、一応、その年の流行に合わせる。これがなかなか難しい。先に決定しているクリスマスメニューのデザインとも、できれば同じ雰囲気にしたいと思う。

業者さんは、こちらの予算と依頼したイメージで提案してくれるけれど、時に正反対のイメージ画像を出してくる場合もある。

小さな会社のつねで、最終決定は社長となるから、「オマエ、何やっているんだ」と言われないためにも気は抜けない。だから、昨年までの資料を眺めているのだ。

以前、この仕事の担当は早見先輩だった。その後は、店舗デザインにも知識のある設備部長がやってくれた。本社も人員が増え、色々と業務の分担を模索していたのだ。

そして今年から私の仕事になった。メニューツールを作成しているんだから、クリスマスの装飾くらいできるだろうと、そんな感じで私に回ってきた。

資料には、これまでの各店舗の写真がきちんとファイルされ、かかった費用もまとめられているのが助かった。

でも、社内の装飾だけ見ていても仕方がない。世の中の流行も知らねばならない。

数年前、どこも青いLEDを使った時期があった。その後、もっと温かみのある色合いがいいという声が広がった。古典的なモミの木のツリーから、まったく違うオーナメントを組み合わせた奇抜なツリーまで今は多種多様だ。

もっとじっくり調べておきたかったけれど、時間がない。

私は予約しておいたミーティングルームで業者さんを待つことにした。

一時間半にわたる打ち合わせのち、残ったのはさらなる疲労感だけだった。

提案されたデザインが、つい先ほど漁（あさ）った過去の資料のものとほとんど変わらなかったのだ。これではお金をかける意味がない。とても社長は満足しない。だから、その前に再度の提案をお願いした。

　こういう時、相手は必ず予算のことを言い訳にする。そして物価の高騰だ。

　消耗しきってデスクに戻ると、桃井さんがやってきた。

「三浦さんの担当店、全部ヒアリングしておいたから」

「え？」

「フェアメニューの」

　すっかり忘れていた。そうだ。打ち合わせが終わったら、各店に電話をしなくてはと思っていたのに。

　でも、不毛な打ち合わせの途中から、提案されるイメージ画像を楽しみに待つ営業部長にどう報告しようかと、そのことで頭がいっぱいになっていた。

「僕の担当の分と合わせて、新田さんにメールしておいたよ。今日は新田さん、朝から大変だったもんね。とりまとめだけ、よろしく」

「桃井さん……」

　弱った心に桃井さんの優しさが沁みる。これまで何度もメニュー用の撮影などで協力し合い、私をメニューに関わる仲間だと思ってくれている。

「自分の考えたメニューの評判は僕も気になるから。それだけだよ」

正直を言うと、中央線沿線の店舗すべてに電話をかけることより、立川店の明良ともう一度話さないといけないのが怖かった。

私も早く担当の店舗に電話をしなければ。そうでないと、今度はディナータイムが始まって忙しくなってしまう。

やるべきことをやり、メールを送信すると、一気に力が抜けてぼんやりした。

飲みかけのミネラルウォーターのボトルを取り、飲み干す。

自分の担当店にはすべて店長がいてくれたおかげで、ヒアリングもスムーズだった。

考えてみればフェアの初日だ。その日を休みに当てる仙北谷店長を無責任に感じた。

さすがに今夜はもう浅草に行く気にはなれないけれど、代わりに「常夜灯」に行こうと思っていた。散々だった今日の私を労われるのは自分しかいない。それだけを励みに、ヒアリングの結果をまとめていたのだ。

しかし、散々な日というのは、最後まで散々らしい。

帰り支度を始める私の前で電話が鳴った。営業部には私しか残っていない。

嫌な予感がする。こういう日は、絶対にそうなるのだ。

仕方がなく出ると、予想どおりクレームだった。

クレームは出た瞬間、わかる。たとえ相手の声が落ち着いていたとしても、雰囲気が伝わる。不思議なことだが、確かに伝わるのだ。

立ち上がっていた私は、再び椅子に座った。腰を据える覚悟が必要だった。

いつもは「またか」と思う電話が、今夜は違った。

立川店で目の当たりにしていたからだ。

幸いなのかどうか、電話の相手が使ったお店は立川店ではなかった。

でも、それなら他の店舗も同じような状況だと考えられる。

だめじゃん、「シリウス」。またそう思った。

失望よりも、お客さんへの申し訳ない気持ちが大きかった。

まさに今日、実感した。あんな雰囲気で食事をしたいとは思わない。レジの前でおしゃべりに夢中になるスタッフを見れば、店に入る気にだってならない。

私が見たのは、彼女たちのほんの一面かもしれないけれど、店頭のプレートをいつまでも「CLOSE」にしておくのはやはり弛んでいるからだ。

私は電話の相手に、心から「申し訳ありませんでした」と謝罪した。

貴重な時間を、大切なお金を無駄にさせてしまった。

もしもお連れ様と一緒なら、その方にまで嫌な気持ちにさせてしまった。電話の相手が誘ったのだとしたら、顔を潰してしまったことにもなる。

たかだか数千円の食事ではないのだ。場合によっては喜んでもらい、ファンになっていただく可能性のあるお客さんを、店舗はみずから弾き出してしまった。

相手は年配の女性だった。言葉遣いや口調は上品だ。

親身になって対応する私に、お客さんの怒りも徐々に収まってきたようだった。

『文句を言いたいわけじゃないの。ただ、こういうことがあったってことを、ちゃんと知っておいてほしいのよ』

最後、彼女の声はとても落ち着いていた。

彼女は、娘夫婦と幼い孫と食事に来てくれたらしい。たいして混んでいるわけではないのに、案内されるまでに時間がかかった。注文を終えると、今度はいつまで待っても料理がこない。それに対して説明を求めても、きちんとした答えが返ってこない。お腹を空かせた孫の機嫌が悪くなり、大きな声を出してしまうと、スタッフに睨まれた。料理は持ってこないくせに、そういう時だけわざとらしく寄ってきたそうだ。早く出て行けとばかりの感じの悪さで、とても嫌な気持ちで食事をしたという。

色々なことが積み重なって、お客さんは怒りを募らせていく。きっとこの女性は、お孫さんにとっては優しいおばあちゃんに違いない。

改めて深く謝罪し、受話器を置く。

店側も、お客さんに見えていない部分で、忙しかったのかもしれない。

スタッフが新人ばかりだったのかもしれない。

でも、きちんと対応してほしかった。

対応できるスタッフが、一人はいてほしかった。

情けない。このお客さんは、もう二度と「シリウス」に来てくれないだろう。

昼間、エレベーターに乗り合わせた女性たちの顔も頭に浮かぶ。

私が「シリウス」のためにこんなに必死になっているというのに、お客さんに「しょせんその程度の店だ」と思われているとしたら、これほど悲しいことはない。

手元のレポート用紙はびっしりと文字で埋まっている。報告すべきことがたくさんある。

パソコンの電源を入れ、姿勢を正す。

時間を見計らい、該当店舗に電話を入れる。

店長が出た。女性店長だ。クレームが入りましたと言うと、ひどく動揺していた。

二時間かかって、報告書を作成した。

最後に付け加えた。

「最近は本社に入るクレームが多く、店舗の接客レベルが低下しているように感じられます。それは、店舗を管理する店長や配属された社員だけの責任ではなく、担当エリアを受け持つ営業部員の怠慢にもよるのかもしれません」と。

営業部長の顔を潰すことになるのはわかっていた。

このメールが、自分自身の首を絞めることもわかっていた。

今夜のクレームが起きたのは三浦さんの担当する店舗だ。彼からも間違いなく反感を買うだろう。

でも、彼だけの問題ではない。これは営業部全体の問題としてとらえなければならない。担当店舗をどう指導するか、だけではない。私なんて、担当店舗にろくに足を運んでもいないのだ。みんな忙しすぎる。今の営業部には、店舗を顧みる時間がないのだ。

「キッチン常夜灯」に到着したのは日付が変わる頃だった。

終電には間に合う時間だったが、今夜は絶対に「常夜灯」と決めていた。それを曲げるつもりはなかった。

空腹はもう限界を通り越している。ただ、疲れていた。

誰かに会いたい。話がしたい。一人になりたくない。仕事が大変だった日の夜は、ますますそう思う。

「いらっしゃいませ。今夜も残業？」

堤さんの明るい声に力が抜けて、吸い込まれるように店内に入る。

「まずは温かいものをお腹に入れますか」

シェフの声が優しい。

「今夜のスープは何ですか」

「バターナッツカボチャのポタージュです」

「美味しそう。お願いします。でも、まずはビールを」

堤さんは「すぐ用意するわ」とサーバーに向かった。よほど疲れた顔をしていたのかもしれない。

カウンターの奥には奈々子さんがいた。私に気づき、小さく手を振ってくれた。きっと奈々子さんも今夜のスープを飲んだんだろうなと思った。

堤さんが持ってきてくれたビールを半分まで一気にあおる。キンキンに冷えていて、空っぽの胃袋に沁みわたる。

「生き返りました」

シェフと堤さんが微笑み、私も一緒になって笑った。

すぐにスープも出してくれた。見慣れたカボチャスープよりも色が濃い。上には焼いたバゲットが大きめに砕いて散らされている。もったりとしたスープは甘く濃厚だった。その甘さが口の中いっぱいに広がり、いつまでも余韻を残している。疲れた体に沁みわたる甘さだ。苦手だったはずの甘みが、今夜はとても美味しく感じられる。

「甘いでしょう。このスープにはタマネギも使っていないんです。すべてバターナッツの甘みです。バターナッツをオーブンでやわらかくなるまで焼いてから、生クリームや牛乳、バターと合わせてピュレにします」

「オーブン？　煮るんじゃないんですね」

「バターナッツは水分が多いですから。収穫してから数カ月置くと水分も減っていきますが、こうするとより甘みを引き出せます。経験的な感想ですけど」

素材を知り、じっくりと丁寧に調理をするシェフの姿を想像する。シェフのスープも、言葉も、ここで教えられたことはすんなり納得できる。

甘いスープをゆっくりとすする。

ビターな一日を締めくくる最高のスープをしみじみ味わう。

ここに来るたびにいつも感じる。

シェフの料理はどれも丁寧な仕事が生きている。だから美味しい。厨房にはシェフ一人なのに、忙しい時でもひとつひとつ確実に仕上げていく。

私はいつも結果ばかりを求めていて、その過程から目を逸らしていた。

明良のこと、店舗のこと。明良とは付き合って五年程度、営業部に来ておよそ九年。まだまだだ。じっくり関わっていかなければいけないことを、全部すっ飛ばしていた。育んでいかなければいけないものをおろそかにして、望む結果が得られるわけがない。

「お料理はどうしますか」

シェフが私を見守っている。いつも腹ペコの私に、早く料理を食べさせたくてウズウズしている。そんな様子が伝わってくる。

スペシャリテが書かれた黒板に目をやった。

「あ」

前回来た時とガラッとメニューが変わっていた。

「十月ですから、寒い季節の料理に変えました。気温が下がると、急に温かいものが食べたくなりませんか」

「夏から秋にかけて、急に寒くなるとおでん種が売れると聞いたことがあります」

黒板のメニューを目で追いながら答えた。どれも気になる。一番下にはデザートもあった。シェフに視線を移すと、シェフは小さく笑みをこぼした。

「体は正直ですよね。厳しい寒さに向けて、体も準備を整える時期です。ジビエや煮込み料理はいかがですか。キノコのデュクセルはバゲットに載せると美味しいですよ」

メインは煮込みがいい。若鶏(わかどり)のバスク風煮込み、蝦夷鹿(えぞしか)の赤ワイン煮込み。このふたつで迷う。どちらも美味しそうだ。

「シェフはバスク地方で修業をされたんですよね」

「ええ」

「若鶏のバスク風煮込みはどんなお料理ですか」

「バスク地方の料理は、ピーマンやトマト、豚肉や生ハムを多く使います。若鶏のモモ肉をそれらと一緒にじっくり煮込みました。鶏モモ肉だけでなく、生ハムや塩漬けの豚肉から出た旨みをたっぷり吸った野菜も美味しく召し上がれます」

野菜を決め手にした。全力で走ったり、冷房で冷えたりと、今日はかなり体を酷使した。エネルギーも欲しいけど、体もちゃんと労わりたい。バランスは大切だ。

さっそくシェフは調理に取り掛かる。

店内は満席に近いが、ほとんどのお客さんの前には料理が置かれていて、店内は落ち着いている。次はワインを頼もうと思った。頑張った自分へのご褒美だ。

ふと気づいた。頑張ったからこそ、そう思うことができる。

そう考えると、仕事も捨てたものではないなと思える。

きっと真夜中にここに訪れる人たちは、みんな同じような気持ちなのではないか。

もしかしたら仕事ではないかもしれないけれど、自分の中の「何か」をやり遂げたから、あんなに美味しそうにワインが飲める。仲間と笑い合える。思う存分好きな料理を食べられる。

ドアベルが鳴り、堤さんが迎えにいく。

いよいよ店内は満席になってしまいそうだ。

テーブルの女性客の笑い声が響く。私のように残業が多いのか、何度も見かけたことがある。いつも盛大に料理を食べ、ワインをおかわりし、真夜中とは思えないくらい生き生きとしている。

カウンターの中央には、プロ野球の見慣れたユニフォームを着た男性客が二人。東京ドームで観戦をした帰りのようで、今夜の試合について盛り上がっている。ああ、そうか。そろそろクライマックスシリーズだ。仲間と好きなものを語るのは楽しい。私まで微笑ましい気持ちになる。

そして一番奥には奈々子さん。彼女はいつも一人だけど、穏やかな笑みを絶やすことがない。きっとここで過ごす時間が好きなのだ。

私もここに救われた。こんな夜は一人ぼっちの家に帰っても眠れない。ベッドにもぐり込んで、スマホの映画に没頭するふりをして夜をやり過ごしていた。

「あれっ、つぐみ」

振り向くと、みもざがいた。堤さんが迎えに行った客はみもざだったのだ。きっと驚かせようと思って、私がいることを知らせなかったに違いない。

気を利かせたのか、私の横のお客さんが席を譲ってくれた。もう食事を終えて、「常夜灯」の雰囲気を楽しんでいたのだ。席数の少ないこの店では、そんな譲り合いを何度か目にしたことがある。優しいのだ。ここは、お客さんも、お店も。

「明日はお休みだから、来ちゃった」

会計を済ませた男性に会釈しながらみもざが言った。

「私も明日は休み」

「じゃあ、朝までだね。あ、奈々子さんだ。いい時に来ちゃった」

みもざは嬉しそうにワインを頼む。

私たちはグラスを合わせて「おつかれさま」と言い合った。

「つぐみは打ち上げ？　やっぱりフェアが始まると、本社の人もホッとするんじゃない？」

「そんなことないよ。初日は緊張。お店と一緒だよ。今日はトラブルもあったし」

さっそく、立川店にメニューを届けに行ったことを話す。

そうすると、自然と立川店のアルバイトの話になる。おそらく仙北谷店長に原因があることも話す。私にはどうしたらいいのかわからない。店長であるみもざなら、何かいいアイディアがあるかもしれない。

「浅草のアルバイトはいい子ばっかりだよ。大学生だけどベテランの子がいてね、その子が新人にもちゃんと教えてくれる。私が言ったわけじゃないけど、自然にそうなっていた。仲もいいしね。昼のパートさんもしっかりしているよ。私が頼りないからかなぁ」

みもざは笑っているけれど、私は知っている。

確かに店長になることを嫌がっていたし、頼りない部分もあると思う。でも、みもざは真面目だ。決められたことは守るし、ダメなことはダメと言える。それに、お客さんの顔をよく見ている。一緒に働いたことはないけれど、昔、食事に行くと、周りのテーブルをよく観察していた。そして、私のグラスの中身が減っているとすぐに気づいてワインを注いでくれた。

「みもざがしっかりしているからだよ。店長がしっかりしていれば、周りもそれをマネする」

「そうかな。でも、立川店だって社員は二人いるでしょう。店長がしっかりしないなら、もう一人は？」

みもざは、社内に私の彼がいることは知っているが、どこの誰とは教えていない。

「店長との関係が良くない。たぶん店長が強い。自分のテリトリーに入らせない」

「ああ、ウチもそういうところ、あったからなぁ。そんな時は腹を割って話すしかないんだよね。そのおかげで相手もそう悪い人じゃないってわかって、今はうまくやっている。でも、それも相手によるよね。時々思うんだ。一気に大勢の女性社員が店長になったでしょう？　それって社長のポーズであって、本当に店長になるべき人がなっているのかなって。私もそうだったから、ますますそう思う」

「……それは、あるかも」

「私はただ小心者で、責任が重くなることが嫌だったんだけど、人格的に、向き、不向きってあるよね。やっぱり信頼される人じゃなきゃ、店長って務まらないと思うの。社員同士、バイト、お客さんからもね」

もっともだと思う。もう何度目かの冗談を今夜も言う。

「みもざ、営業部に来ない？」

「え～、嫌だよ。私はずっとお店にいるんだもん」

その時、カウンターに置いていたスマホが震えた。着信だ。

みもざに「ごめん」と言って席を立つ。通路に向かいながら、軽く振り向くと、ちょうど私の煮込みができたところだったらしく、シェフはカウンターに置きかけた皿を厨房に下げ、みもざが代わりに謝ってくれていた。すみませんと心の中で詫びる。

でも電話は明良からなのだ。久しぶりの明良からの電話なのだ。

昼間見た痛々しい姿が目の前にちらつく。出ないわけにはいかない。

扉を押し、外に出た。十月の深夜の空気はさわやかだった。すうっと涼しい風が路地を吹き抜け、ビールと店内の雰囲気に火照った私の頬を冷ましてくれる。

「もしもし」

明良はずっと切らずにスマホを鳴らしつづけていた。

伝えたいことがあるから鳴らしつづけるのだ。

『遅くにごめん。……寝てた？』

ようやく電話に出た私に、ホッとしたことが伝わってくる。

「寝てないよ。いつも遅いの、知っているでしょ」

『そうだよね。昼間はありがとう。あれから仕事、大丈夫だった？』

私のこともちゃんと気にかけてくれる。それだけで涙が出そうになる。

「フェア初日だったし、まぁ、色々あったよ。でも、気にしないで。メニューを届けたのだって、立派な営業部の仕事なんだから」

目線を上げると、澄んだ月が浮かんでいた。もしかしたら同じものを見ているかもしれない。

『本当にごめん』

「いいって。気にしないでって言ったでしょ」

そういえば、立川から戻ったら宅配業者に電話しようと思っていたのに、すっかり忘れていた。それよりも優先すべきことが多すぎた。

『メニュー、あったんだ』

「え？」

『メニューが出てきたんだ。レジ台の下、普段はほとんど誰も触らない、古い伝票類が保管してある箱の上にあった……』

「ええっ」

どうやら店長不在の今夜は明良がレジを締め、ふと古い伝票類の管理が気になったそうだ。店長がいない今夜こそ、整理する絶好の機会と思ったという。

明良はもともと几帳面な性格だ。正反対に仙北谷店長は整理整頓が苦手で、保管しなくてはならない書類もすぐになくしてしまうらしい。

「それを、伝えようと思って電話をくれたの？」

『昨日、店長が受け取って、とっさにそこに突っ込んだんだと思う』

「ああ、ちょうど忙しい時だったのかもしれないね。それにしても今日からのメニューだよ。本人が休みなら、ちゃんとわかりやすい場所に置いておいてくれないと……」

不思議と腹は立たなかった。もう済んでしまったことだからだろうか。

それよりも、なんだ、やっぱり届いていたんじゃないかと晴れやかな気分だった。

『そういう人なんだ、ウチの店長……』

諦めのような、暗い声。

それは気づいていた。でも、それによってどれだけ明良が苦しんでいるか、気づこうとしていなかった。こんな話を聞くのは、今夜が初めてだ。

『外面はいいけど管理能力はまったくない。つぐみちゃんも見たでしょ、昼間のバイト』

「あれはかなりまずいよね」

『ごめん』

「明良だってどうしようもなかったんでしょう。仕方ない」

『仕方なくない。だから情けなくて、何とかしなきゃって、ずっと思って……』

「話してよ」

『話せないよ。だって、つぐみちゃんは本社の人だもん。告げ口みたいだし。そういうの嫌なんだ』

「本社も何もない。明良の彼女だよ。私だっていつも聞いてもらっていたじゃない。それに、本社で働いているだけで、私には何の権限もない。……だから避けてきたの？」

明良は答えない。

「仙北谷店長、どんな人？　普通に考えても、とても店長の仕事を果たしているとは思えない」

『うん……』

ようやく明良が重い口を開く。そのくせ、話し出したらなかなか止まらなかった。

どれだけ抱え込んでいたのかがわかる。

仙北谷店長は、扱いやすそうな若い女の子ばかりを採用すること。

「女性活躍」をきっかけに自分が店長になったことを、お客さん、特に男性客に吹聴し、さらには「女性が活躍する職場を作りたいんです」などと豪語して、常連客を優先するような接客をしていること。明良をキッチンに追いやったのはそのためだ。

何よりもキッチンを裏方とみなし、自分は絶対に入ろうとしない。そういう状況を見て、ベテランのパートさんやアルバイトが次々に辞めてしまったこと。

『ごめん、愚痴った。俺、カッコ悪いよね』

「私もいつも聞かせていたよ。私こそカッコ悪かったって、明良に会えない間、ずっと反省してた。嫌われたと思って、ずっと怖かった」

『俺こそ、あんな立川店を見られたら嫌われるって思った。合わせる顔がなかった。だって担当の時、一緒に頑張ってくれていたから。つぐみちゃんはやっぱり本社の人って感じなんだ。入社してから三年目で本社に行っても、しっかり仕事ができる。文句を言いながらでも、なんでも自分で解決する。そういうの、いつもすごいなって思っていた』

「明良がいたからに決まっているじゃん……」

『でも、俺はつぐみちゃんみたいにできない。カッコ悪い自分、見せたくなかった』

これは、以前野々宮さんが言っていた、年下彼氏のプライドというものだろうか。

あんなにくたびれて見えるほど、一人で頑張った明良にますます愛しさがこみ上げてくる。

「私はどんな明良も見たいよ。もっと早くこういう話を聞きたかった。二人なら何とかなることだってあるかもしれない。それに、立川店の問題は明良だけの問題じゃない。会社なんだから、一人で頑張る必要はない。解決する方法を考えるのが会社。あれだけ支店があるんだから」

『やっぱりつぐみちゃんだ。ごめん、メニューが見つかったって謝りたかっただけなんだ。ちゃんと送ってくれていたのに』

「もういいってば。話ができて嬉しかった」

どちらにせよ、フェアは問題なくスタートできた。たとえ夜になってメニューが見つかったとしても、黙っていればそれで済んだはずだ。誰も探偵のように意地になって、紛失したメニューの行方を追おうなんて思わない。

でも、明良は正直に言ってくれた。やっぱり明良だと思った。

『つぐみちゃん、大丈夫？』

ためらいがちに明良が訊ねた。

「何が？」

『……俺で』

「大丈夫に決まっているじゃない」

少し笑った。本音が聞けて、ますます好きになった。

「私、気持ちをシェアできる関係になりたい。自分ばかりじゃなくて、明良のことも受け止めたい。だから、これまでは私もごめん」

『つぐみちゃん』

待ちつづけてよかった。変なふうに先走らないで本当によかった。

やっぱり明良は私が好きな明良だった。おっとりしているようで、真剣にお店のことを考えている。「シリウス」立川店とお客さんが大好きで、何とかしなきゃと思っている。そういう姿が、眩しかったのだ。

仙北谷店長が置き去りにしたメニューのおかげで、今日の私は散々だった。まさか、最後にこんなことになるとは思いもしなかった。

でも、浮かれてばかりはいられない。問題は、これからどうするかだ。

電話を終え「常夜灯」に戻る。薄暗い通路を歩きながら考えた。

最近はクレームが多い。メールでのクレームも合わせれば、数年前と比べて格段に増えている。やっぱり会社として考えなければならない問題だ。

お客さんがいなければ私たちの仕事は成り立たない。そのために、本社は季節メニューやイベントに合わせたメニューを必死に考えている。

でも、料理以前に、お店がしっかりお客さんを迎える雰囲気になっていなくては意味がない。「キッチン常夜灯」のように。

どんなお客さんでも温かく迎え入れ、居心地のよい居場所を提供し、美味しい料理と温かな接客で笑顔にする。ここにはお客さんとの垣根もなく、時にはシェフや堤さんもその中に溶け込んで、まるで大きなひとつの家族のようだ。美味しい料理は、それだけで会話を増やし、心を解きほぐして人と人を繋げていく。

「電話、彼氏でしょう」

みもざが言った。

「え」

「ほら図星」

「顔が緩みっぱなしね」

みもざの指摘に、堤さんとシェフまで私の顔を見る。恥ずかしい。

「業務連絡みたいなものだよ」

「でも、好きな人からの電話ならやっぱり嬉しいでしょう」

堤さんの言葉に頷く。

これまで、色々な可能性を考え、悩み、迷った。

でも、これだけは変わらない。明良の声を聞くと、嬉しくなるのだ。

「シェフ、お料理、お願いします」

みもざが言った。「私も同じもの、頼んじゃった」

きっとシェフがタイミングを合わせやすいように、気を利かせたのだ。

濃厚なトマトソースの香りが漂ってくる。最後の仕上げをして、シェフがカウンターに私たちの料理を置いた。

「若鶏(わかどり)のバスク風煮込みです」

「いい香り。美味しそう」

煮詰まったトマトとタイムの香りに、他のお客さんもこちらに顔を向けている。

クタクタに煮込まれた赤いパプリカと緑のピーマン、タマネギがたっぷりと敷かれ、上には大ぶりの鶏肉が置かれている。散らされた刻みパセリと赤い粉が鮮やかだ。

「この赤い粉、トウガラシかな」

「ピマン・デスペレット。エスペレット村特産のトウガラシです。さわやかな香りがあり、やわらかな辛味とほのかな甘みが特徴です」

「前に奈々子さんが食べていた魚介の煮込みにもかかっていたでしょう。エスペレット村は、フランスバスクの小さな村なんだって。トウガラシはもともと南アメリカの原産だけど、大航海時代に多くの香辛料や野菜が伝わったみたい」

すっかり常連のみもざが付け加えた。

「ええ。バスク地方はスペインにまたがっているでしょう。漁業が盛んな土地の彼らは、航海術にも長けていたのかもしれないですね」

大航海時代の主役はスペインやポルトガルだ。こんなところで思わぬ知識を得る。自分の世界が少し広がる。

「そういえば、トマトも南アメリカが原産でしたもんね。うわぁ、何だか面白い」

今では西欧料理に当たり前のように使われる野菜も、もたらされたのはせいぜい四百年くらい前と思えば、そう古い感じもしない。そこから人々はここまで料理を発展させた。たとえ最初は飢えを満たすためのものだったとしても、より美味しくすることを求めた。それほど食事は、人間にとって価値のある大切なものなのだ。

まずは鶏肉を切り分けた。やわらかい。たっぷりの野菜も一緒に口に入れる。トマトの酸味の後に口いっぱいに広がる旨み。鶏肉は皮までしっかり焼いてから煮込んだのか、皮や脂の部分がトロッとしてソースと溶け合っている。皮の部分は苦手だったが、これならまったく気にならない。

鶏だけでは出せない濃厚な味わいは、一緒に煮込まれた生ハムや塩漬けの豚肉のためだろう。まったくいい仕事をしてくれる。ああ、私もそういう縁の下の力持ちみたいな仕事がしたい。

お出汁をたっぷり吸い込んだ赤と緑のピーマンもとろけるように美味しかった。

ふと思った。

トマトソースで煮込んだ二色のピーマン。クリスマスカラーだ。「シリウス」のクリスマスメニューでも使えるのではないだろうか。今年はもう決まっているから、来年。桃井さんに話してみようか。セントラルキッチンで仕込んだソースを、店舗でグランドメニューにあるチキンステーキと合わせる。いや、最初からセントラルキッチンで鶏肉を煮込んで、一食分ずつパッキングしたほうが絶対に美味しい。それに、店舗の負担も少ない。シェフの料理を味わいながら、思考は無限に広がっていく。

楽しい。以前の私なら、料理のことには極力関わらないようにしただろう。これ以上仕事を押しつけられないために。でも「常夜灯」に通ううちに気がついた。これまでやってきたひとつひとつの仕事が「シリウス」を動かしている。

私たちはしばらくの間、それぞれに美味しさを味わっていた。

「美味しいねぇ」

「うん。このピマン・デスペレット、これがまたいい風味を与えているね」

「そうそう。最初は辛いかなって思ったけど、全然そんなことない。あ、シェフ、パンください」

「いいね。このソース、最後まで味わい尽くしたい」

「ね～」

楽しかった。

自然と口をついた。そして言った。

「二人で食べると美味しいね」

「この前ね、ここでプロポーズしているカップルがいたの。『常夜灯』で出会って、距離を縮めて、ついにはプロポーズ」

「美味しい料理の前ではみんな素直になるもんね。そして笑顔になる。そういうお互いを見ているうちに惹かれていったのかもね」

そうかもしれない。美味しい料理の前では誰もが無防備だ。ここに明良も連れてきたい。あんな姿を見たら、シェフも堤さんもこぞって色んなお料理を食べさせようとするに違いない。きっとすぐに明良も元気を取り戻す。そんなことを想像してしまう。

「そうそう、美味しい料理と言えば」

みもざがカウンターに肘をついて、私の顔を覗き込むようにした。

「夕方の電話でも話したけど、フェアメニューの評判、すごくよかったよ。ディナータイムはハンバーグドリアがたくさん出た。夜は少し肌寒くなったからね。美味しいって、お客さん、みんな喜んでいたよ」

「本当？　実はね、今日はみもざのお店に行こうって思っていたの。フェア初日の様子を見てみたくて。結局忙しくなっちゃって、行けなかったけど」

「そうだったの？　実際に見て欲しかったな、お客さんたちの表情。とにかくハンバーグドリアが圧倒的人気。通常メニューにも入れてほしいっていうお客さんもいたよ」

嬉しい。お店の立場からこうして手ごたえを聞けることが、こんなにも嬉しいものなのだ。

「あとね、プリンもよく出た。昔ながらのお菓子ってやっぱり人気なんだね。子供も、年配の方も、外国のお客さんも食べていたよ。そう言えば、シェフもプリン、大好きでしたよね」

「ええ、好きですね」

シェフは穏やかに微笑んでいた。

まさかみもざは、私がシェフにデザートのアドバイスをもらったとは思わないだろう。

私たちのお皿はすっかり空になっていた。ソースまでパンできれいに拭い、お皿はまるで新品のように真っ白に輝いている。みもざと顔を見合わせて笑った。笑ったまま、みもざが訊ねた。

「つぐみ、どうする？　もう少し何か食べる？」

私はもう決めていた。明良の声を聞いて店内に戻った時から、無性にとろけるようなあの味わいが食べたくなっていた。黒板に書かれたシェフのスペシャリテの一番下にあったデザートだ。

「クレームカラメルをお願いします」

「えっ、つぐみが、デザート？」

みもざが驚いている。

「うん。たまにはね」

シェフは「かしこまりました」と微笑んだ。

私だって、子供の頃は当たり前のようにプリンを食べていた。母親が用意してくれたおやつを、素直に喜んで食べていた。

いつからか甘いものよりお酒になった。たぶん、カッコつけていた。そうしたら、自然と必要を感じなくなっていた。カロリーも気になった。

明良の声を聞いて思った。お互いに素直になればいい。そして、実家の家族と過ごすような、絶対的な安らぎを感じられるような関係になりたい。

ここにたどり着くまで、長い、本当に長い一日だった。本社、店舗、女、男、年上、年下。それ以外にも、色々なものに囚われていた。私が一番意識しすぎていた。

恋人も、店舗の人たちも、お客さんも、立場は違っても同じ「人」だ。人と人。今夜のクレームのお客さんだって、私も同じ気持ちになって親身に訴えを聞き、心から申し訳ないと思ったからこそ、その思いが通じて、最後は声音まで変わったのだろう。

クレームを聞きながら、絶対になんとかしたいと思ったのだ。ここからだ。きっと、私の仕事はここから始まる。みもざが鎧を脱いだように、私を不満で凝り固めていた呪いが解けていく。

「ホッとしたら、何だか甘いものが食べたくなっちゃった」

「つぐみ、変わったね。なんか、やわらかくなった」

みもざがにっこり微笑んだ。

第五話　特別な夜に　仔牛のブランケット

新しいコートを買った。何となく新しい服を身にまといたくなった。ダークブラウンのチェスターコート。何となく、にしてはいい値段だったけれど、だから余計に背筋が伸びる。おろしたてのそれをまとって、どこに出かけるかといえば。

会社である。

それ以外にない。いつもと同じ。地下鉄で神保町へ向かう。でも、コートが新しいだけで、何だか気分が違う。心が浮き立つ。今日も頑張ろうと思える。不思議だ。こんな簡単なことで、少しだけ会社に行くことが楽しく感じられるなんて。

毎年のことながら、ハロウィンが終わると街は急にクリスマスモードに突入する。わが社も遅れをとるまいと、十一月の一週目には全店でクリスマスの装飾を終えるようにスケジューリングしている。八月の暑い盛りに撮影を終えたクリスマスメニューのパンフレットも、間もなく本社に納品される。店舗のディスプレイ、メニューツール全般を担当する私にとっては、まさに繁忙期である。

でも、今は「やってやるぞ」という気力がみなぎっている。この「やる気」は、何かひとつでもうまくいかないことがあると、とたんにしぼんでネガティブな気分になるから、この状態を維持できるよう、気分を上げつづけなくてはならない。人間の心は弱い。それをコントロールするのは難しい。でも、その方法がだんだんわかってきた。新しいコートはそのためでもある。

一度本社に出勤してメールチェックを済ませると、資料と荷物を抱えて水道橋に向かった。「キッチン常夜灯」のある水道橋だ。しかし目的地は「常夜灯」ではない。会社の倉庫である。

文京区本郷に、かつては社員寮だった建物がある。以前、経理部長の野々宮さんが言っていたとおり、私が入社する以前が株式会社オオイヌの全盛期だった。店舗数は今の倍近くあり、社員数もずっと多かった。地方から上京してくる新入社員を積極的に採用し、彼ら、彼女らのために社員寮まで建てたのだ。

今はそれを維持する力もなく、自社物件だった社員寮は倉庫として、閉店した店舗の備品などを保管するために使われている。そして、毎年クリスマスシーズンしか日の目を見ることのない、ツリーなどの装飾品もここに収められている。今年からクリスマス装飾を担当することになった私が倉庫を訪れるのは、今日が初めてである。

倉庫は設備部の管轄だ。管理人をしている金田さんはかつて社員寮の舎監をしており、今も倉庫に住んでいるという。先日、装飾品の搬出のスケジュールを確認すると、「手伝うよ」と言ってくれた。金田さんは店舗スタッフに人気がある。設備の不具合の連絡があるたび、すぐに駆けつけてくれるからだ。

金田さんが書いてくれた倉庫の地図を見た時は驚いた。「常夜灯」のすぐ裏通りなのだ。みもざから聞いていたけれど、まさかこんなに近いとは思わなかった。

だから、迷うことはなかった。「常夜灯」を目指し、手前で曲がって一本裏の通りに出る。昼間の街はいつもと印象が違う。今頃はシェフも堤さんも家で眠っているだろうか、などと考えながら坂道を上った。

倉庫の前で金田さんが待っていて、私に気づくと、大きく手を振ってくれた。

「新田さん、こっち、こっち」

「金田さん、おはようございます」

「このあたり、似たようなビルばっかりだから、わかりにくいかなと思って」

「ありがとうございます。おかげですぐわかりました」

「もしも、また何かの用事で来ることがあったら、ほら、これ。これが目印だから」

金田さんは玄関横の花壇に植えられたヒョロッとした木を指さした。

「ミモザの木だよ」

「ミモザ。へぇ。春が楽しみですね」

金田さんは嬉しそうに笑った。扉を開けて、私を建物に招き入れる。

「新田さん、コートはここで脱いだほうがいいよ。せっかくのコートが埃だらけになっちゃう。ええと、着替え、持ってきた？」

言いながら、手前のドアを開ける。上には「食堂」と書かれたプレートが残っていた。照明を点けると、広い部屋には「シリウス」で使われていたテーブルや椅子が積み重ねられ、その横にはシートを被せられたクリスマスツリーのてっぺんが覗いている。籠った空気は、確かに埃っぽいにおいがした。

「ごめんねぇ」

金田さんはくしゃっと眉を八の字にした。憎めない。

「いえいえ、これだけのモノを保管しているんですもん。それに、金田さんは普段、本社でお仕事をしているんですから、掃除なんてなかなかできませんよ。大丈夫、そのつもりで来ましたから」

「よかった。着替え、三階の手前の部屋を使って。そこだけは片付いているから」

教えられた部屋で、持参したジーンズとパーカーに着替えた。かつての住人が使っていた、布団もないむき出しのベッドの上に荷物を置いて部屋を出る。ふと気になって、隣の部屋を覗いてみたら、「調理用具」と書かれた段ボールが天井まで積み上げられていた。本当にあの部屋だけが片付いているらしい。

「もしかして、三階の手前の部屋、みもざが使った部屋ですか」

一階の食堂に戻り、すでに作業を始めていた金田さんに訊ねた。

金田さんはギョッとして、すぐに眉を下げた。

「何だ、知っていたの？」

「私、みもざと同期なんです」

「そうか。ほら、あまり公にしないほうがいいって、涌井さんとも話していてさ。みもざちゃんも可哀そうでしょ」

火事でマンションを焼け出されたことも、一時的に倉庫に移り住んだことも、確かにあまり人に知られたくない。人によっては「特別扱い」なんて感じる心無い人もいる。

「ええと、まずはどうしようか」

金田さんが全体を覆うように掛けられたシートをどけると、クリスマスツリーやガーランド、リースが一緒くたになった塊が現れた。「シリウス」二十数店舗のクリスマス装飾品だ。どれもオーナメントが付いたまま、それぞれが緩衝材でゆるく包まれている。オーナメントは繊細で、少しの衝撃で割れてしまうのだ。

その緩衝材に店舗名を書いた紙が貼られていた。それを頼りに、玄関横の駐車場に運び出し、同じ店舗の装飾品をまとめておく。今夜、セントラルキッチンのトラックが回収に来て、明日（あした）の朝、食材と一緒に各店舗に運んでくれるのだ。毎年、その方法で装飾品の運送は行われている。

「まずは仕分けだね。それから、リレー方式で駐車場に運ぼう。ここから玄関までと、玄関から駐車場まで。そうすれば、靴を脱ぐ手間が省ける。外は階段もあるから、慣れた僕がやるよ」

金田さんは、毎年この作業を手伝ってくれているらしく、あまりの量にひるんだ私を励ますように言う。

「力仕事だし、大変だけど、新田さん、大丈夫？」

「はい。根性だけはあります」

言ってからハッとした。

「新田は根性がある」

新入社員の時に三上店長が言ってくれた言葉だった。

数年後、明良まで同じことを言った。愚痴りながらも、淡々と本社の仕事をこなしているから、らしい。だから、この言葉は私のお守りみたいになっている。

でも今の私は、明良も十分根性があると思っている。立川店で、自分の仕事をしている。たとえ仙北谷店長にないがしろにされても、できる範囲で店を守っている。なぜなら、立川で目立ったクレームは起きていない。あの状態を見てしまった私には、それが不思議だった。間違いなく明良が店舗レベルでお客さんの不満を収めている。

作業を始めてからの数時間、私と金田さんは、ひたすら緩衝材に包まれた装飾品を店舗ごとにわける作業に集中した。およそ一年の間倉庫に保管されていた緩衝材は、うっすらと埃が積もっていて、金田さんがマスクを持ってきてくれた。大きなツリーを両手で抱え、運ぶ。また戻って、同じ店舗のリースを探す。立ったり、しゃがんだりの繰り返し。スクワットだな、と思う。

「新田さん、みもざちゃんって、いい子だよねぇ」

午後二時過ぎ、ちょっと一服しようと言った金田さんは、居住スペースからおにぎりとお茶を持って戻ってきた。朝のうちに用意しておいてくれたのだ。ラップに包まれたおにぎりが何だか懐かしい。どこかの「シリウス」で使われていた椅子に並んで座り、おにぎりを頬張る。

「いい子、ですよね。店長に向いていると思いますよ。本人は嫌がっていましたけど」

「うん。前向きだよ。あんなことがあっても、へこたれず、自分のやることをしっかりやっていたからね」

火事ですべてを失ってここにやってきたみもざの荷物は、通勤で使っていたリュックひとつだけだったという。私なら途方に暮れて、どうしていいかわからない。それどころか、何もする気になれないだろう。けれど、みもざは火事の翌朝には出勤したという。店長だから、自分が店の鍵を開けなければならないと。

さすがに、みもざはそこまで私に語らなかった。ただ「大変だったよ」のひとことだった。

「そんなみもざちゃんを見ていたらさ、どうしても応援したくなるじゃない。僕まで励まされちゃってさ」

金田さんは広い食堂を眺めていた。広いといっても、今はほとんど備品で埋まっていて、どのくらい広いのかイメージするのは難しい。

「寮の閉鎖が決まった時、すっかり僕も落ち込んじゃったんだよね。これまで、ここから出勤していく若い子を送り出すのが励みだったからさ、いきなり本社って言われてもね。でもさ、やるしかないじゃない。だから、必死に頑張ったの。寮の舎監しか経験のない僕でも、何かの役に立てるようにって。みもざちゃんを見ていたら、そんな昔のことを思い出してさ。最近はすっかり本社にも慣れて、ただ入ってくる仕事をこなしている自分を反省したよ」

意外だった。金田さんのフットワークは軽い。同世代の三浦さんや中園さんも見習ってほしいといつも思っていた。

「金田さんは十分仕事しているじゃないですか。お店の人からも頼りにされていますよ」

「設備部だもん。不具合があって困っている時に直しに行くんだからさ、そりゃ、頼りにされるよ。役得だよね」

金田さんは楽しそうに笑っている。「要はさ、気持ちの問題ってことかな。来てくれって言われて、面倒だなって嫌々行くのと、よし、任せとけって行くのとじゃ、違うってことだよ。お店の人も、たぶんそれをちゃんと感じ取っている。だから、下手な仕事はできないってこと」

「うわぁ、金田さん、深い……」

「そんな大したものじゃないよ。みもざちゃんを見ていて、改めてそういう仕事をしたいって思ったんだ。こんなこと、みもざちゃんの同期の新田さんに言うのも恥ずかしいんだけどさ」

照れている金田さんが可愛い。恥ずかしいと言うなら、みもざを「ちゃん」付けで呼んでいることもだけど、本人はまったく気づいていない。それだけ、二人はいい関係を築いたんだろうなと思う。

改めて考えた。やっぱり、人は見ている。まっとうな仕事をしていれば、きちんと評価され、信頼関係ができる。そういうのは店舗でも大事だ。店はひとつのチームみたいなものだから。もちろん営業部もだ。

何度か休憩を挟み、ようやく駐車場にすべての装飾品を運び出した頃には、すっかり夜になっていた。

駐車場といっても、車一台が入るスペースだからギュウギュウである。普段ここに停めている会社のワゴン車は、今は近くのコインパーキングだそうだ。どのみち、路上駐車をしてもセントラルキッチンのトラックが来たら邪魔になる。

「トラック、何時に来るんだっけ」

「九時。そろそろですね」

時間が余るかと思ったけれど、かなりギリギリだった。二十数店舗分のツリーやリース、それ以外の細々とした飾りは、運んでみるとかなりの量だった。

「僕が積み込みを手伝うよ。新田さん、家はどこ？　もう帰って平気だよ」

こんなことを言ってくれる人は営業部にはいない。むしろ一番頼られているのが私なのだ。

「ここまでやったんですもん。最後までやりますよ」

「さすが新田さん。本当に根性あるね」

二人で笑った。笑っていると、眩しいライトが近づいてきた。セントラルキッチンのトラックだった。

ドライバーさんも手伝ってくれて、積み込みは思ったほど時間がかからなかった。なにせ食堂から外の駐車場まで運ぶのが大変だったのだ。

慣れたもので、ドライバーさんは配送ルート順に下ろせるように積み込む順番を指示してくれ、私と金田さんはそれに従って装飾品を渡しただけだった。今夜はこれらをセントラルキッチンに持ち帰り、明日はドライバー二人態勢で各店に届けてくれるという。

手際のよさに驚いている私に、ベテランのドライバーさんは「毎年のことだしね」と笑っていた。「それより、本社さんこそ、毎年担当が変わるから大変だよねぇ」などと同情までしてくれる。こうやってベテランがいるから、仕事が回っていくのだと実感した。

トラックを見送り、金田さんと「終わったねぇ」「おつかれさまでした」と顔を見合わせた。

「お腹、空いたね」

「空きました」

「新田さん、時間が大丈夫だったら、近くにいいお店があるんだけど……」

「もしかして、『キッチン常夜灯』ですか」

金田さんが目を丸くする。「どうして知っているの？」

「みもざに教えてもらいました。それ以来、私もすっかり常連です」

「なんだぁ。僕、あそこのコキールグラタンが大好きでさ」

「行きますか」

「うん。行こう。コキールグラタン、あるかな」

「なかったとしても、別の美味しいお料理をシェフがすすめてくれますよ」

「そうだね」

私たちは「常夜灯」で食事を楽しんだ。その夜はホタテ貝ではなく牡蠣のグラタンだったけれど、金田さんは美味しい、美味しいと大喜びだった。


全店の装飾が無事に終わり、「ファミリーグリル・シリウス」は一気にクリスマスらしくなった。クリスマスメニューのパンフレットも各店に配布し、お客さんの目に留まるよう、各テーブルとレジ横に置いてもらっている。

この時期、クリスマス装飾の担当者は、全店を回って装飾された店内を写真に収める。昨年は設備部長が、その前は早見先輩がやっていた仕事だ。こうして記録を残す。残された記録は来年の資料となって、引き継がれていく。

都心に近い店舗、中央線沿線、神奈川方面と、四日間で私は全店を回り切った。

やり遂げた、という実感がある。

とにかく駆け足で回ったので、どの店も装飾しか見ていない。けれど、全店を巡るという経験は、私には大きなものだった。

本社を出る時、営業部長から言われた。ざっとでいい。社員と話さなくてもいい。とにかく新田の目で、全店の雰囲気を感じ取ってこいと。

先月報告したクレームの件が影響していると思った。それ以外にも、営業部員にはいくつか指示が出ていたからだ。

私がそれぞれの店舗を訪れたのは、オープン前、オープン直後、ランチタイム終了後、それから閉店間際だった。店が忙しい時間は移動時間に当て、時には近くのカフェなどで時間を調整した。場所によっては、向かい側の店から、「シリウス」を見ていた時もある。

店内外の写真を撮るためには、お客さんの少ない時間を狙うしかなかったのだ。

「シリウス」のクリスマス装飾は、集客力を高めることが目的だ。だから、入口付近の装飾をもっとも豪勢にしている。見るたびに、我ながらいい店じゃん、と思った。

トラックで運ばれた装飾品は、各店のスタッフに設置を任せていたが、ただ設置しただけの店もあれば、自分たちで工夫してより華やかに飾ってくれている店もあった。

そういう店の店長には、心から「素敵ですね。ありがとうございます」と気持ちを伝えた。一緒に盛り上げようとしてくれているのが嬉しかった。

アルバイトが率先して装飾を手伝ってくれたという店もあった。きっとスタッフの関係が良好なのだ。クリスマス装飾ひとつをとってみても、その店の雰囲気をなんとなく察することができた。

クレームが増加しているという問題に対し、営業部長から出された指示はこうだった。

各店の担当者は、店舗巡回の回数を増やすこと。

まずは現状を見極め、それからしかるべき対応を検討するということらしい。

特にクレームの多い店舗では、ランチやディナーの忙しい時間に、テーブルに着いてじっくり店内の様子を観察しろという細かい指示まで出ていた。これはもともと営業部内では鉄則で、古くからいる桃井さんや私はすでに知っていることだった。

ただ、実践できているかというと難しい。忙しい時間にテーブルに着く。仕事とはいえ、実に居心地が悪い。だから、私は本当の意味での「店舗巡回」が好きではなかった。それをおろそかにして、できる限り暇な時間を狙って店舗を訪れていた。実際、本社での仕事に追われていると、そうランチやディナーの時間きっかりに店を訪れることができるわけもない。

でも、それではダメなのだ。忙しい時、スタッフがどうお客さんに対応しているか。料理はちゃんと出せているか。店はちゃんと回っているか。そこを見なければ、店舗担当としての役割を果たしていない。

しかし、この鉄則は、三浦さんと中園さんが営業部に加わった時、しっかりと伝えられていなかった、と思う。

なぜなら、彼らがベテランだからだ。二人は辞令が出てから、すうっといつの間にか営業部のデスクに座っていた。誰も、何も教えなかった。教える必要などないと思ったのだ。営業部長でさえ。

私も早見先輩がいなくなったことがショックだったし、部長もその仕事をどう割り振るべきかと考えていた。そして、店長経験者の彼らにこれ幸いと、担当店舗を多く割り振っただけだった。

きっと三浦さんも中園さんも、担当となった「シリウス」をただ漫然と回っているだけだったのだろう。なぜなら本社は、彼らにとって居心地が悪いからだ。そして、ベテランの彼らはよく知っている。忙しい時間に訪れる本社スタッフが、いかに迷惑な存在かということを。

本社の人間が来れば緊張する。どんなに忙しくても本社スタッフを放っておくわけにはいかない。慣れた社員ほど、そういう忖度(そんたく)が働いてしまう。実際にはそんな気遣いは不要で、お客さんを最優先にすべきなのに。

そういう店舗側の事情がわかる三浦さんや中園さんは、きっと当たり障りのない時間に店舗を訪れ、当たり障りのない話をして帰ってきていたのだろう。

でも、それを責めることができるだろうか。

私だって同じではないか。たまたま私の担当店舗では問題がなかった。それだけだ。たまに訪れ、わずかな時間その店を眺めて、いったい何がわかると言うのだろう。

担当店の店長も、そんな担当者には腹を割って話をしない。そこまでの信頼関係が築けていないし、何を言っても無駄だと諦められてしまっている。

もっと店舗の声に耳を傾けなければいけない。

営業部長の指示が出てから、ますます三浦さんや中園さんは店舗に出かけるようになった。私や桃井さんもできる限りそうしたし、本社を離れられない時は、担当店舗に電話をかけた。今さらだけど、もっと店との距離を縮めたかった。動けなくても、できることをやるしかなかったのだ。

十一月の半ば、出勤途中に買ってきた大きいサイズのコーヒーをデスクに置いて、パソコンを立ち上げた。

今日こそクリスマス装飾の資料をまとめる予定だった。それが終わったら、担当する三店舗を回って直帰する。そう思い描いていた。

最近は営業部長も気が立っている。度重なるクレームの件で、社長に呼ばれたことは知っていた。その火種を投じたのは私だけど、特に何か言ってくるわけではないのは、部長もどこかで緩んでいるという自覚があったのだと思う。それに、私や桃井さんが日々、店舗担当以外の業務に追われていることもよく知っている。

今日の営業部にいるのは部長と私だけだ。みんな朝から店舗に行っている。桃井さんは朝礼に参加すると言っていた。営業に長いだけあって、見るべきポイントをよく知っている。

私はひたすらキーボードをたたく。資料作りに専念する。かかってきた電話に出る。これだって私の大切な仕事だ。外と会社を繋いでいる。クレームも同じ。普段店にいない私が、唯一お客さんと繋がる。まぁ、クレームはないほうがいいけれど。

それぞれが自分の仕事をしている。部長は部長の仕事をし、桃井さんはメニューを考え、店舗スタッフはお客さんのための料理を作り、サービスをする。全員がそれぞれの役割を果たし、お客さんに喜んでもらえるお店を作る。その結果、私たちはやりがいを感じ、会社の利益も出る。

「常夜灯」は、シェフと堤さんが見事にそれぞれの役割を果たし、あんなに素晴らしい店を作り上げている。「シリウス」も同じはずなのに、何かがちぐはぐになっていた。それぞれの仕事が、最終的に同じ方向を向いていなくてはいけないのに、いつの間にか勝手な方向を向いていた。

きっと何年も前、店舗も社員もずっと多かった時は、それができていた。店舗が違っても社員同士の結束があった。店長会議で集まった時のゴシップネタでもいいのだ。野々宮さんの言葉を借りれば「勢い」があった。みんなそろって同じ方向へ向かっていた。今はたぶん神保町店の三上店長くらいしかわかっていないだろう。

いつからかそれがなくなった。それぞれの店で、それぞれの新人店長が、何のお手本もないまま孤軍奮闘している。

モニターの中で、全店を回って撮影したクリスマス装飾の写真を並べながら、頭の中ではそんなことを考えた。資料の作成にも、担当としての仕事にも、私は集中していた。

資料にも目途がついたので遅めのランチに出た。近所のカフェは混んでいて、サンドイッチと二杯目のコーヒーを買って会社に戻った。

隣を見ると、つい先ほど戻ってきた桃井さんがいなくなっていた。予定表にはセントラルキッチンと書かれている。工場長とメニューの打ち合わせでもあるのだろう。

しばらくして、昼食に出ていた部長も戻ってきた。

今日は電話も少なく、社内は穏やかだ。資料もあと少しでまとめ終わる。

コーヒーを取ろうと手を伸ばしたら電話が鳴り、そのまま受話器を取った。

さすがにまたクレームだったら、今の営業部にはダメージが大きすぎる。営業部長も不安げな視線で私を見つめている。

「はい、株式会社オオイヌでございます」

『ちょっとお訊ねしたいことがあるのですが』

ためらいがちな女性の声が聞こえた。

「はい、お伺いします」

少しだけ身構えた。

『そちらの神保町のお店を、貸し切りで使わせていただくことは可能でしょうか』

予想外の言葉だった。

貸し切りなどこれまであっただろうか。私の記憶にある限り、神保町店に限らず、どこの「シリウス」でもないと思う。

以前、ドラマの撮影で神保町店を使わせてほしい、という話はあった。対応したのは早見先輩だった。その時はひとまず保留にし、部長と社長に意見を求め、結果的に断った。

理由は当社になんのメリットもないからだ。取材ならともかく、ドラマのワンシーンのための場所貸しでは、店内が映っても、視聴者にはどこの店かわからない。宣伝効果はない。それに撮影が営業時間中なら、せっかく来てくれたお客さんを追い返すことになり、営業損失が大きい。仮に撮影が深夜か早朝だとしても、対応するスタッフが必要になる。宣伝効果もない場所貸しに、そんな負担を強いられる必要はない。

私の沈黙を不安に感じたのか、電話の相手は説明を始めた。

『シリウスの神保町店さんで、食事会をやりたいんです。結婚式の後の食事会です。あっ、でも、かしこまったものではありません。お願いできないでしょうか』

「結婚式の後ですか？」

これも意外だった。「シリウス」はカジュアルな洋食店だ。経営陣は「ファミレス」という言葉を避けるけれど、私たちはみんなファミレスだと思っている。そこで、結婚式の後の食事会。たとえかしこまったものでなくても、ファミレスの料理でいいのだろうか。この女性は、ドラマの場所貸しと同じで、立地が便利だからとか、広さがちょうどいいとか、そんな理由で店を探していないかと不安になる。

私の心配を察したかのように彼女は続けた。

『私と彼、近くの会社で働いていて、よく使わせてもらっています。招くのは同僚や友人です。私たちにゆかりのあるお店でやりたいって、彼と相談したんです』

「ゆかりのあるお店、ですか……」

私は受話器を握り直した。

もともと彼女たちは披露宴を行う予定もなく、身内だけの神前婚を近隣の神社で行う予定だった。けれど、式まで一ヵ月を切った今になって、友人や同僚も一緒に思い出に残る食事会をしたいと考えるようになったそうだ。友人たちも、せっかくの晴れ舞台を祝いたいと言ってくれている。やるからには、思い出の場所がいい。そこで、「シリウス」となったそうだ。

彼女の気持ちは想像できる。一生に一度のことなのだ。準備を進めるにつれ、「やっぱり」と思うことはあるだろう。「シリウス」を選んでくれたのは嬉しいけれど、心配なのは料理だ。そもそも、貸し切りの予約など受けられるのだろうか。

困惑しながら視線を上げると、営業部長がじっと見つめていた。

何とか説得しようと、電話の相手も必死だった。

『私、中学も高校も、大学もずっとそのあたりだったんです。就職したのも神保町で、シリウスさんは昔から使わせてもらっていました。中学受験の後、親と食事をしたのをよく覚えています。試験が終わった安心感よりも結果が心配でした。友達だけ受かって、自分は落ちていたらどうしようって。寒い日だったんです。母親がちょっと寄って行こうかって、二人で靖国通りを見下ろしながら、熱々のドリアを食べました。ちらちら雪が降っていたのをよく覚えています』

無事に合格した彼女は、そのまま同じ敷地内の高校に進み、部活の後はやっぱり

「シリウス」で友人と語らった。さらに近隣の大学に入学し、就職先まで神保町。そこで運命の相手と出会い、まさに神保町と「シリウス」は彼女の半生と切っても切れない場所となったという。

「……ありがとうございます」

心から出た言葉だった。「シリウス」神保町店が、ここまで誰かの人生に関わっているとは考えたこともなかった。もしかしたら、私が働いていた頃、彼女に料理を運んでいたかもしれないのだ。

何とか彼女の望みを叶えてあげたいと思う。ただ、ここで私が判断できる問題ではない。日時と人数、その他のご要望を伺い、折り返すことにした。

通話時間は三十分以上だった。クレームとは別の緊張感があった。けれど、心の奥は高揚していた。やりたい。その思いは、電話の途中からますます強くなった。

「部長」

デスクに両手をついて、営業部長に向かって立ち上がった。

「おう、何だった」

「神保町店に、貸し切り予約のお電話でした」

「貸し切り？」

クレームでなかったことにホッとしながらも、明らかに困惑していた。

「そもそも、ウチは予約すら受けていないからなぁ」

「そうですよね」

都心のファミレスは、予約だけで満席になってしまう可能性もある。つねに満席になる店ならば、その時間に合わせて席を確保しておかねばならない予約はかえって非効率なのだ。

「でも、部長……」

私は、彼女にとって神保町店がいかに思い出深い店かを話した。

部長は腕を組み、目を閉じて考えこんでいる。

そこで思い出した。確か部長は、オオイヌ全盛期に神保町店の店長を務めた人なのだ。

部長は唸(うな)るように言った。

「神保町店はありがたい店なんだよ。考えてみろよ。ランチタイムになるとウェイティングの椅子がいっぱいになるだろ。お客さんは、待ってでもあの店で食事をしようとしてくれているんだ。そのためにわざと時間をずらしてくるお客さんもいる。おかげで、三、四回転は当たり前だ」

やはり貸し切りの予約など無理な話なのだろうか。いくらやりたいと言っても、会社がダメと言えば断るしかない。でも、断るとしたら、どういうふうに伝えたらいいのだろう。私はじっと部長の顔を窺っている。

「……そのお客さんも、いつもあの椅子に並んでくれていたのかもしれないなぁ」

ふっと、部長が言った。ここしかない。

「そうです。今もランチで使ってくださっているそうですから、絶対に並んでくださっています」

「じゃあ、三上は当然知っているだろうな」

「ああ、そうですね」

肝心の三上店長のことをすっかり忘れていた。

営業部長は考え込んでいる。色々なものを秤にかけているんだろうな、と思う。

たっぷりと考えた後、部長は決然と言った。

「三上と相談してこい。店長の意見も必要だろう。俺たちにはわからない、店と客の絆ってのもあるはずだからな」

「はいっ」

「ただし」

「はい……」

少し、声のトーンが下がってしまう。

「売上損失は出すな。絶対にお客さんを失望させるな。電話のお客さんも、普段のお客さんもだ。納得ができる答えを出せれば、社長に掛け合ってやる」

とても難しい。けれど、私は頷いた。

「はい。神保町店に行ってきます」

時刻は午後四時少し前。もうランチタイムも落ち着き、店舗スタッフは順番に休憩を回している時間だ。念のため電話をすると、ちょうど三上店長が出た。相談したいことがあると言うと、休憩中だから来いという。そのまますぐに本社を出た。

さすがに店頭に並べられたウェイティング用の椅子には誰も座っておらず、店内も入口に近いテーブルは埋まっているが、奥のほうはガラガラだった。

神保町店は手前側と奥でホールを分けていて、ピークタイムを過ぎると、入口付近に集中してお客さんを案内する。外から見れば店内が賑わっているように見えるし、スタッフにとっても効率がいい。

入口側のホールにいたパートさんが、店長は奥のホールにいるというので、そちらに向かう。神保町店はスタッフも多いので、お客さんがいなければ奥のホールで休憩をとる。どこの店舗も事務所は狭く、ゆっくり休めない。

三上店長は奥のホールのさらに奥、隅っこにいた。ちょうど角の席の直角の部分に左肩と背中をくっつけるようにして座っていた。テーブルにはノートパソコンが置かれ、先日の会議資料が広げられている。傍らのグラスに入っているのは、ミルクとシロップをたっぷり入れたアイスコーヒーだ。昔からそうだったなぁと、ちょっと懐かしくなる。

「休憩中にすみません」

「構わないよ。相談って、貸し切り予約のことだろ？」

「もしかして、こちらにも電話がありました？」

「こっちが先だな。ご要望にはお応えしたいが、店舗だけで判断できることではないので、本社に問い合わせてほしいと営業部の番号を教えた。悪かったな」

「いえ、対応ありがとうございました」

「部長に言われたんだろ？」

「ええ。ところで、そのお客さんのこと、三上店長はご存じですか」

「わかるよ。わかると言っても、こういう店だから確信があるわけじゃない。電話で対応したのは新田か？　本社はどう答えたんだ」

「さすがに、すぐにはお返事できませんでした。ご要望だけ伺って、改めてお返事を差し上げることになっています」

「じゃあ、名前はわかるな」

「はい、奥山様、と」

「奥山さんか」

「ご存じですか」

予約を受けていない「シリウス」では、顔は知っていても名前のわからないお客さんがほとんどだ。

「ウェイティングボードさ」

「ああ、なるほど」

満席の場合は、名前を記入して並んでもらう。テーブルが用意できれば、名前を呼んでご案内する。

「よくいらっしゃるよ。近くの会社、出版関係かな。少し遅めのランチに週に何度か来る。一人の時もあれば、同僚との時もある。時々、男性も一緒だ。その男性とは夜に来店されることもある。きっと彼がお相手だな」

さすが三上店長。よく覚えている。

「それに、俺は何年も前から彼女を知っているんだ。学生の頃から来てくれていたよ。いつも女友達と一緒で賑やかだったな。食事だったり、デザートだったり、時には試験勉強をしている時もあった。へぇ、彼女、結婚するのか」

久しぶりに聞く三上店長の「俺」。会議や仕事の時は「僕」だ。懐かしさにふける私をよそに、三上店長は感慨深そうに窓のほうを眺めていた。

その表情でわかる。店と奥山さんの繋がりは私が考えるよりもずっと深い。できれば彼女の希望を叶えたいと思う。そこで気づいた。パソコンに表示されているのは神保町店の売上データだ。

「もしかして、店長も色々と考えていました？」

「もちろん考えるさ」

「どこまで奥山さんの要望、知っていますか」

「十二月中旬の日曜日の昼間。人数は多くて六十名。料理は通常のメニュー」

「十分です。で、どう思いますか」

「貸し切りは無理だ。単純に売上損失が大きい」

私も人数を聞いた時に思った。神保町店の席数は一四四席。四人掛けテーブルにすると三六テーブル。ランチタイムはそれが最低でも三回転する。

「でも、交渉次第で可能性は出てくる」

「この奥のホールですね」

「そうだ」

手前のホールと奥のホールでは、多少手前のほうが広い造りになっている。今、私たちがいる奥のホールは六四席だ。

「ここはイレギュラー店舗で、土日よりも平日の売上のほうが大きい。メインの客が近隣の会社員だからだ。だから平日は、どの時間帯も食事利用のほうが多い。でも、土日はランチのピークタイムを過ぎると、ディナーまでは客単価がぐっと下がる。つまり喫茶利用の客が増えるからだ。そこにうまく当て込めば、普段の日曜日よりもずっと売上を取れる。挙式の時間を訊いているか」

「十一時からと」

「大安の日曜日だ。そういう日は、神社も教会も、結婚式場や提携しているホテルやレストランも、みんな忙しいんだろうな」

「まぁ、そうでしょうね」

「ウチも負けてはいられないな」

「店長？」

好戦的な笑みに驚いた。三上店長にとっては、奥山さんの要望を叶えるだけではないのだ。それ以上のものを目指そうとしている。

「十一時からの挙式なら、着替えたり移動したりで時間がかかるだろう。食事会を午後三時からとすれば、二時まではこのホールも使える。そうだな、たとえば余裕を持って一時をラストオーダーにすればいい。そうすれば、二時前にはみんなお帰りになるだろう。それ以降は手前のホールだけで営業する。どうだ、これなら完全貸し切りにしなくて済む。しかも奥のホールでは、六十名の食事を見込めるんだ」

「その通りです」

「食事会が終わり、奥山さんをお見送りしたら、こっちでもディナー営業を再開だ」

「でも、予約のお客さんに集中できない分、お店は大変じゃないですか」

「それをなんとかするのが俺の仕事だろ。なに、特別なことをするわけじゃない。奥山さんの希望は『シリウス』の料理だ。キッチンにとっては普段の満席営業と変わらない。むしろ、同じタイミングで同じ料理を出せるんだから楽なくらいだ」

「では、奥山さんがこのホールだけでいいかどうか、まずは確認してみますね」

「そうだな。まぁ、俺はOKしてくれると思う。彼女、お気に入りはそこの席だったからな」

三上店長は、私たちとは反対側のテーブルを示した。奥のホールの窓側、靖国通りが見下ろせる席だ。今も夕方の日差しがやわらかく差し込んでいる。

「ただし、予約を受けるにはサービスの人手が足りない。このホールはランチ営業の後、短時間でレイアウトを変える必要がある。それに、そういう仕事にウチのスタッフは慣れていない。どういう形にせよ、およそ六十名に一度に料理を運ぶのは、できたものから提供する通常営業とはわけが違う。俺もバイトを当たってみるが、本社のほうでも検討してほしい。それくらいの人件費は、上乗せされた売上で十分賄えるはずだ」

他店は土日のほうが忙しく、店舗からのヘルプは難しい。となれば営業部員だ。私はもうすっかり手伝う気になっている。それでも足りなければ、三浦さんや中園さんに頼むしかない。

「はい。わかりました」

「実現させたいな」

「させましょう。きっと具体的な数字が必要になると思います。奥山さんに店長の提案をお話しして、それからご要望の料理を確認します。まさかご出席の方すべてにハンバーグ一皿というわけではないでしょう。常連様ならメニューもよくご存じのはずですから、どういった形での提供がいいのか訊いてみます。そうすればこの予約でどのくらいの売上が見込めるか、おおまかな数字が出せます」

「ああ。細かい内容になれば、俺が直接話したほうがいいだろう。アレンジできるものはできる限り要望に応えたい。奥山さんなら勤務先は近所だ。直接会って打ち合わせもできるさ。まずは、上の許しをもらうことが大事だ」

「わかりました。本社に戻ったらさっそく連絡してみます」

手帳に要点をまとめる私の横顔を、じっと三上店長が見つめている。

「なんですか」

「いや、すっかり立派になったなと思って」

「さすがに営業に異動して九年ですからね。あの環境にいれば度胸もつきます。それに、根性があるって言ったのは店長じゃないですか」

三上店長は笑い出した。

「言った、言った。それで俺が部長に推したんだよ。本社向きの人材がいるって」

「は？」

「ここ、本社に近いだろ。部長が仕事帰りにしょっちゅう顔を出していたのは覚えているか」

今も部長は本社を出た後、神保町店に寄って帰ることが多い。だからアルバイトもパートもすっかり顔を覚えている。

私がここにいた頃からそうだった。でも、私は部長が来ても、あまりテーブルには近づかなかった。本社の人間というだけで、まだ入社したばかりの私には威圧感があったし、行動をチェックされている気がして緊張したのだ。もっとも、今では同じ部署の上司として、何かとこき使われながらも、ちょっと間の抜けた気のいいオジサンだということもわかっている。

「あの人、ここに来てよく愚痴っていたよ。まぁ、相手が俺だから本音も出るわけだ。社長のワンマンぶりとかな。社長、本社に厳しいだろ。本社スタッフは売上に貢献していない、が口癖だからな」

「そうですよ。確かに直接お客さんにサービスしているわけではないですけど、そのおおもとの仕事をしているのは本社なんですから。しょっちゅうそれを聞かされると、さすがにへこみます」

「だから根性がいる。本社も人手不足だが、そんな状況ではなかなか増員を願い出ることもできない。でも、その頃から社長の頭には、本社に女性社員をもってくる構想があったらしい。店舗の離職率が高いから本社ならどうだっていう話だな。部長は、どうせなら若い社員を育てたいと言っていた。店舗勤務が長いベテランは、どうしても店舗をかばってしまい、客観的に判断できなくなる。だから、俺は新田を推した」

「え」

「シリウス」の店舗数を考えれば、圧倒的に本社スタッフの人数は少ない。そこに、どうして入社三年目の私が異動するのかと驚いたし、不安も大きかった。もっと三上店長と働きたいとも思っていた。

「……まさか、私が女性活躍の先駆け、みたいなものだったんですか」

「そういうことだな」

「もう、余計なことを……」

「本社は不満か？」

「何かとこきつかわれますから。お店の人には嫌われるし」

「散々だな」

三上店長は笑った。私も笑う。

「まぁ、今の新田を見ていると、俺の目に狂いはなかったと思えるよ」

嬉しさと照れくささが同時にこみ上げる。ごまかすように目の前のグラスを指さした。

「それ、まだ、飲んでいるんですか」

とてつもなく甘いアイスコーヒーがなみなみと入っている。

「うまいんだよ、これが」

「知っていますけど、もう若くないんですよ」

また三上店長が笑う。以前はなかった目尻のしわが優しげに見えた。私も笑いながら神保町店を出た。

何としても、奥山さんの要望を叶えたいと思った。神保町店のためにも。

奥山さんは、三上店長の提案を受け入れてくれた。多くても六十名という人数なら、奥のホールだけでも十分だと言うと、ひどく驚いていた。それもそうだ。食事に訪れるお客さんは、その店にいくつテーブルがあって何席あるかなんて考えもしない。想像もつかないだろう。

喫茶が中心の時間帯に、奥のホールの貸し切りなら、売上損失の心配はなくなる。

むしろ確実にプラスになる。入口側のホールは通常営業をしているわけだから、食事に訪れたお客さんをがっかりさせることもない。

当日のメニューは、彼女が好きな「シリウス」の料理をゲストにもたっぷり楽しんでもらいたいということで、三上店長と直接相談してもらうことになった。おおよその予算を決めてもらい、その数字をもとに上申書を作成した。

私は本社と神保町店の間を何度も行き来した。時には三上店長に来てもらい、直接、部長と話をしてもらった。

それでようやく決心を固めたかのように、部長は社長に上申し、決裁をもらうことができた。営業部がしっかりバックアップしろと言われたそうだ。

最近の営業部は、クレームの件ですっかり店舗にかかりきりになっている。このあたりで、何か挽回してみせろということだと、私は受け取っていた。

前例のないことを行うのは、オオイヌではなかなか大変だ。だからみんな新しいことを始めない。でも、今、その新しいことを自分たちが始めようとしている。これまで感じたことのない充実感を私は味わっていた。

その日も、私は神保町店で三上店長と相談していた。

夜には仕事を終えた奥山さんが、お相手と一緒に打ち合わせに来ることになっている。それに備えて、私たちは料理のことで頭を悩ませていた。

いくら奥山さんが通常の「シリウス」のメニューでいいと言っても、ハレの日にどういう形でそれを提供するかが悩みどころだった。

ほとんどの「シリウス」のお客様は、単品よりもセットメニューを注文する。メインがハンバーグなら、サラダとパンまたはライス、ドリンクが付く。そこにスープやデザートを追加する場合もある。仮に、それをフルコースと呼ぶこととしよう。では記念すべき日の食事会を、このフルコースでいいのか。いくら新婦のお気に入りの店とはいえ、たとえメインをリブロースのステーキにしたところで、結局はファミレスのセットメニューなのである。

私と三上店長は、もう三十分もこのことについて考えていた。

「店長、思い切って、ビュッフェ方式はどうですか。好きなものを好きなように取っていただけますし、メインも何種類か用意できるので豪華さもアップしますよね」

「俺も同じことを考えていた。となると、立食だな。料理台を準備すると、六十名のテーブルセッティングは無理だ。新郎新婦の席は用意するが、それ以外はテーブルを点在させる形にするしかない。出席するのも若い人ばかりだというから、十分いけるんじゃないか」

「でも、そんなことが『シリウス』でできます？　ビュッフェ方式自体は、ホテルの朝食などで皆さん経験があると思いますけど」

パーティーの予約だけでも初めてなのだ。ましてや、ビュッフェ方式での料理提供などしたことがない。

「できるさ。ウチのスタッフにやらせてみたい。しかし、レンタルしないといけない備品もあるだろうな。皿もグラスもどんどん洗って新しいものを用意しないといけない。洗い場にも増員が必要か」

「レンタルの手配なら、私に任せてください。そういうのは慣れています」

夜の打ち合わせで、さっそくこのことを提案した。

思いのほか、奥山さんとお相手は喜んでくれた。いかにもパーティーっぽい演出が楽しそう、とのことだ。

穏やかな二人だった。似た者同士というか、おっとりとした雰囲気が同じで、何でも仲良く相談して決めていた。彼女たちが築く家庭は、きっと安らぎと癒しに満ちた優しいものになるだろうと思えた。

計画は順調に進んでいった。それ以外にも私には日常業務もあるわけで、相変わらず帰りは遅かったけれど、仕事に夢中になっていた。

しばらく「常夜灯」に行っていないし、明良からの電話もない。でも、平気だった。もう明良の状況も、気持ちもわかっている。そして営業部も、うまくいっていない店舗を立て直そうと動き始めている。明良も私も、それぞれの場所でやるべきことをやるしかない。

今回の貸し切り予約のことは、すべて営業部で共有していた。営業部員は全員が担当の店舗を抱えている。いつどこで同じような予約の相談があるかわからない。

その上、社長の決裁を勝ち取った営業部長がすっかり乗り気だったので、自然とオフィス全体にも神保町店の予約の話は広まっていた。

考えてみれば、神保町店の担当は部長だ。本来は担当がやるべき仕事を、私がすっかり引き受けた形になっている。いつもは仕事を押し付けられたと思うくせに、今回はそんな気にならないのが不思議だった。でも、理由はわかっている。楽しいからだ。三上店長と奥山さん、そして神保町店のスタッフと一緒に、ひとつの仕事を成し遂げようとしている。

頻繁に訪れるものだから、以前は私のことを邪魔者扱いしたホールスタッフたちも、最近はすっかり打ち解けて、気さくに話しかけてくれるようになった。この仕事をやり遂げたら、自分の担当店舗のスタッフともこんな関係を築きたいと思うようになっていた。私に、どんどん先が見え始めていた。

「新田さん、ちょっといいかな」

十二月の店長会議の資料作成のスケジュールを、野々宮さんとメールで相談していると、隣のデスクに積まれた料理の専門書の陰から、桃井さんがひょいと顔を出した。

「はい」

「神保町店のパーティーの件だけどさ、当日のメニューにスープもあるのかな」

「ええ。メニューにはバリエーションがほしいので、コーンポタージュを入れる予定です」

人気があるのはオニオングラタンスープだが、さすがに立食では難しい。

「あのさ、セントラルキッチンで試作しているスープ。あれ、どうかな。お客さんの反応を見たいんだ」

「もうそんなところまで進んでいるんですか」

「うん。今は大量に仕込むためのテスト段階なんだ。ちょうどいい機会だと思って」

「来春のグランドメニューのリニューアルには余裕で間に合いますね」

以前、みもざが提案した具だくさんのスープのことだ。

七月の会議の際、営業部長が立ち上げたプロジェクトのメンバーに選ばれた桃井さんと工場長は、スープメニューの開発も進めていた。

真夏はクリスマスメニューや秋冬フェアの準備もあったため、実際に動き出したのは九月の後半だった。

相談を受けた私は、野菜たっぷりのスープのアイディアを出した。以前「常夜灯」

で食べたトマトの入らないミネストローネが美味(おい)しかったからだ。大きなクルトンを浮かべて出せばインパクトもあり、食感も楽しめる。

トマトが苦手というお客さんは意外と多い。みもざが主張した「ごちそう感のあるスープ」を意識して、角切りのベーコンを入れることも提案した。旨(うま)みが出るし、具材としても美味しく食べられる。メインになるスープなら、そこまで価格を抑える必要もないから、材料もある程度はこだわれる。

そのスープを、パーティーのメニューに加えることが決まった。奥山さんが、いち早く新メニューを味わえることを喜んでくれたのだ。

桃井さんも嬉(うれ)しそうで、当日のヘルプを自ら申し出てくれた。新作スープだけでなく、「シリウス」の料理を食べるお客さんの反応を直接確かめたいそうだ。

私も嬉しかった。少しずつみんなが協力してくれる。その喜びを噛(か)みしめていた。

立川店へのクレームが入ったのはそんな時だった。

私は神保町店に打ち合わせに行っていて、電話に出たのは三浦さんだった。ちょうど営業部には誰もいなかったらしい。

神保町店での打ち合わせの後、そのまま外で別の打ち合わせを終えて、夜になって本社に戻った私は、三浦さんから届いていた「クレーム報告書」でそのことを知った。

「立川店でのクレーム報告」

表題を読んで、目の前が暗くなった。とうとう来たか、と思った。

営業部には誰もおらず、めずらしく総務の涌井さんだけが残っていた。

私のほうを見て、「読んだ?」と訊くので、「今、読んでいるところです」と答える。

涌井さんによると、この報告書を送信した後、担当の三浦さんはさっそく立川へ向かったという。しかも営業部長も一緒だ。それだけで重大なクレームだとわかる。

普段電話に出ない三浦さんの報告書を読むのは初めてである。文章がどこかたどたどしい。そりゃそうだ。本社に来るまでは、お客さん相手に動き回っていた人なのだ。

「……涌井さん。三浦さんの電話対応、大丈夫でした? ほら、あまり慣れていないじゃないですか」

対応によっては、さらにお客さんを怒らせてしまうこともある。心配になった。

「いや、うまいものだったよ。最初はクレームだって慌てた様子だったけど、どこまでも低姿勢でさ、しっかりお客さんの話を聞いていた。やっぱり慣れたものだよね。ずっと店長やっていた人だもん。さすがベテランだって思ったよ。これまでも、こうやってきちんと店舗だけで収めたクレームがいくつもあったんだろうな」

涌井さんも心配になって、三浦さんの電話に聞き耳を立てていたらしい。

意外だった。いや、意外ではない。涌井さんの言うとおりなのだ。三浦さんは、これまで何十年も店舗でお客さんの相手をしてきた。責任ある店長の仕事を担ってきたのだ。

「……そうですか」

「とにかく最後まで読んでみて。やっぱり店からベテランが抜けたのはまずかったな。人事担当が言うのは情けないけど、今回は応えた」

まだ核心の部分まで読んでいない。読むのが怖い。明良のことも触れられているのだろうか。ああ、きっとクレームの該当店舗は、こんな気持ちで報告書を読むのだな、と思った。

発生は昨日のディナータイム。今朝になって、お客さんは本社に電話をしてきたらしい。

報告書には、お客様の言い分とその時の状況が事細かに記されていた。

それだけで、三浦さんがいかに丁寧にお客さんの話を聞き、状況をすくい取ろうとしていたかがわかる。自分の担当店舗の苦情を聞くのはつらかっただろうに、しっかりとやっている。

電話をしてきたのは、やや年配の男性。奥様と食事にいらしていたらしい。

店内は満席で、外には何組か待っているお客さんもいた。彼らも少し待ってから案内されたそうだ。ホールスタッフは女性が三人。若い二人はおそらくアルバイトで、もう一人は彼女たちよりもだいぶ年上。ベテランらしく、その女性が指示を出していたという。

報告書を読みながら、この女性は仙北谷店長ではないかと思った。明良は言っていた。店長は若いバイトばかりを採用し、慣れた人たちは辞めてしまったと。だとしたらこのクレームは、店長がいながら起きてしまったということになる。

先を読み進めて、愕然とした。

『店は明らかに忙しいにもかかわらず、そのベテランは、常連と思しき男性客のテーブルの横でずっと無駄話をしていた』

無駄話。たぶん、三浦さんがお客さんの言葉をそのまま報告書に書いたのだろう。案の定ようやく注文を取りにきたと思ったら、料理が運ばれるまでにさらに三十分以上も待たされた。空いたテーブルも片付けが間に合わず、新しいお客さんもいつまでも待ちつづけている。若いアルバイトたちは明らかにパニックになっていた。しかし、もう一人の女性スタッフは店内の様子には無頓着で、男性客と笑っている。さすがにこのお客さん以外にも苛立っている様子のお客さんが何組もいたという。

「……ひどい」

思わず声が出た。

このお客さんは思ったそうだ。

店長はいったい何をしているんだ。

調理場にいるのか。この状況に気づいているのか。こういう時はすぐに出てきて、しゃべってばかりいるスタッフに注意し、一刻も早く料理提供や滞った案内をすべきではないのか。

当然だと思う。もしも私が客としてそんな店にいたら、イライラして周りが気になって仕方がない。いつまであの店員はおしゃべりをしているんだろう。レジでお客さんが待っているのに誰も気づいていない。気になって仕方がない。私の料理なんて、まだ当分届かないに違いない……。気になって、気になって仕方がない。だって、明良とカフェに行った時だって、長い行列を見ただけでイライラした私なのだ。そして、そのイライラはやがて失望に変わる。お客さんは、こんな店来るんじゃなかったと後悔し、もう二度と来てくれなくなる。

ここで、このお客さんをさらに呆(あき)れさせる事態が起こった。

「店長」

何か確認すべきことがあったのか、若いスタッフが無駄話ばかりしている女性スタッフをそう呼んだのだ。

店長？　まさか、あのまったく仕事をしていない女性が店長なのか。

これにはお客さんも絶句したという。

そこからは延々と、彼女と「シリウス」立川店、そして、本社の管理体制や彼女を店長に選んだ人事のずさんさについてのご意見、というよりもお怒りの言葉が続いていた。

すべて読み終えた私は、がっくりと肩を落とした。長いため息が漏れる。

「仙北谷店長……ですね」

少し身を反らすように上体を起こし、隣の総務部に顔を向ける。この報告書を読めば、すでに彼女だけの問題ではなくなっていることはわかるが、やはり仙北谷店長だ。

「……そうなんだ」

涌井さんが沈んだ声で答える。彼は三年前、新しく店長となる女性社員全員と面談をしている。

「忙しくて料理が滞るなら、まぁ、対応次第でギリギリセーフな場合もある。でも、それを差配すべき店長がこれじゃあな。ただでさえスタッフの私語が気になるっていう苦情も多いのに、この状況で店長自らが常連客とベッタリなんて、周りのお客さんへの印象も最悪だ……」

涌井さんはもはや困惑している。私も同じだった。みもざや三上店長、他にもたくさんの店長と関わってきた。それぞれ個性は違うけれど、仕事に向き合う態度は変わらない。「シリウス」の店長。ちゃんとその自覚を持っている。みもざなんて、そのためにずっと悩んできたのだ。

ふと思った。明良は？　昨日、明良は出勤していたのだろうか。この報告書だけではまったくわからない。平日だから、店長が出勤していたのなら明良は休みだった可能性が高い。もしも明良がいたとしたら、事態を変えることができたのだろうか。

同じようなことを、涌井さんも考えていたらしい。

「立川店には、もう一人社員がいるよね。十年目の瀬戸くん。昨日は公休だった。知っている？　瀬戸明良くん。彼、立川店に長いね。もう七年もいる……」

「え、ええ。以前は、私が立川を担当していたので」

営業部長に言われて、立川店の昨日のシフトを取り寄せたらしい。たぶん、人事も担当する涌井さんは、言われなくてもそうしたはずだ。

もしかしたら、明良がいないから、よけいに昨夜の仙北谷店長は羽目をはずしたのかもしれない。

「……仙北谷店長、以前は新宿店だったんだ。立川よりも大きい店で忙しさには慣れているし、立川に長い瀬戸くんがいれば、いきなり店長になっても大丈夫だろうと思ったんだけど。どうしてだろう。小さい店の店長になって、何でも思いどおりにできるって勘違いしちゃったのかな……」

シフトを見せてもらう。確かに明良は入っていない。平日の夜はさほど忙しくないはずが、予想外に混んでしまったのだろうか。頭数的に手薄な印象を受ける。ホールだけでなく、キッチンもうまく回っていたのだろうか。そういう時、どちらもフォローするのが社員だ。しかも彼女は店長なのに。

「……なんだか、すみません」

「どうして新田さんが謝るの。しかも、今は担当ですらないじゃない」

涌井さんは笑ってみせたが、明らかに落ち込んでいる顔だった。私よりも彼のほうが、よほどこのクレームが応えているのかもしれない。

きっと仙北谷店長は、私がこれまで送りつづけていた他店のクレーム報告書などまったく目をとおしていないだろう。クレームの重大さを、報告書に記載された重要な点を、まったく理解していない。他人事ではないのだ。前にみもざが言ってくれたように、そこから学ぶことはたくさんある。

明良は大丈夫だろうか、と思う。自分がいない時に起きたクレームに、明良ならホッとするよりも責任を感じるはずだ。自分がいなかったから起きてしまった、と。

もしも明良がいたら、料理提供が滞っていることに気づいて、自分でお客さんのテーブルまで運んだに違いない。そうすれば店内の異常に気付く。アルバイトをフォローすることだってできたはずだ。

「クレームが入るとさ、該当店舗に電話するじゃない。その時の状況をヒアリングするために。三浦さんもそうしたの。仙北谷店長、かなりうろたえていたみたいだよ。本人にはまったく自覚がなかったのかもね。そういうのが一番怖い。いつの間にか、お客さんがどんどん離れていっちゃう。でも、お客さんの事細かな苦情のおかげで、昨夜の店の状況がこっちには筒抜けだからね。さすがに放ってはおけないって、すぐに営業部長が三浦さんと立川に向かったというわけ」

「……甘く見られたのかもしれないですね。この会社は女性に甘いって。ベテラン店長を差し置いて店長になって、図に乗っちゃったのかもしれません」

涌井さんが眉を寄せた。

「新田さん、意外と辛辣だなぁ。社長ともかなり話し合ったんだけどね。あえて上のポジションを与えることで、本人にやる気と自覚を持ってもらおうって。いわば未来への投資みたいな人事でもあったんだ。それがうまくいった店もあったんだけど」

「正直に言うと、このところ、クレーム対応ばかりで疲れました。若手を伸び伸び働かせようとベテランを遠ざけるのではなく、しっかり支える体制を作らないといけないと思うんです。さすがに営業部員だけで、あれだけの店舗をフォローできません」

たぶん、涌井さんもよくわかっているのだ。大きく肩をすくめる。

「そうだよな、このクレームを見て、絶対に社長も何か言ってくるよな」

「その時が、チャンスですよ」

私の言葉に、涌井さんも「まぁね」と疲れた顔に苦笑いを浮かべる。

三浦さんのことも気になった。三浦さんは、長年、上野店の店長を務めてきた。立川店の問題に気づかなかったはずはなく、それを見過ごしてきた。でも、きっと声を上げることができなかったのだ。この会社が女性を推しているから。

女性活躍のために上野店の店長を下ろされた彼は、女性が店長を務める店舗に意見することを恐れたに違いない。彼にとって、店長というポジションから営業部に異動になったことは、間違いなくプライドを傷つける出来事だったはずだ。長年貢献してきたベテランよりも、世の中に対するアピールのために若手を重用する。それを痛感した彼が、何か意見をしてさらに社内での身の置き場をなくすことを恐れても不思議はない。

あれだけ私も三浦さんを煙たく思っていたというのに、今は気の毒で仕方がない。彼のようなベテランは、店舗でこそ実力を発揮できると思う。会社だから、誰もが適材適所というわけにはいかないかもしれないが、やっぱりその人の「適所」は間違いなく存在する。

どれだけ彼がこの三年間、営業部で居づらい思いをしていたかと思うと、それを気遣うこともしなかった自分までも情けない。営業部自体、コミュニケーションが足りていなかった。もっとお互いの担当店舗の話をしていればよかったのかもしれない。

「……こんな時になんですけど、神保町店の予約のパーティー、三浦さんにもヘルプをお願いしてみようかと思います」

「ああ、まだ足りていないんだっけ。三浦さん、たまには伸び伸びとお客さん相手にサービスしたいかもしれないね。こんな時だからこそ、いい気晴らしになるんじゃないかな」

「ですよね。営業部だってお客さんあっての仕事ですから、やっぱり時々はお客さんと接しないと。さっそくお願いしてみます。というか、部長から、今回のクレームの件でも招集がかかりそうですけどね」

何よりも三浦さんに神保町店を見てほしかった。三上店長のもと、社員もアルバイトも生き生きと動き回っている。あれだけ忙しいのにスタッフの関係も良好で、クレームもない。その雰囲気を営業部全体で感じ取って、他の店舗にも伝えたかった。

その夜、本社を出るとすぐに明良に電話をした。心配だった。

またしても久しぶりの電話だ。でも、この前、本音を聞けたおかげでためらいはなかった。

部長も三浦さんも直帰になっていて、その後の立川店の状況はわからない。でも、それ以上に気になるのはやはり明良のことだった。

明良も帰宅途中だったらしく、電話はすぐに繋がった。今日は明良も仙北谷店長も二人とも出勤だったそうだ。

『ごめん、つぐみちゃん。俺も電話しようと思ってた』

「明良が謝ることじゃないよ。昨日はお休みだったんだし」

『俺がいない時、いつも店はああだったのかと思うと、ゾッとする。本社から電話があって、クレームを初めて知ったんだ』

「まぁ、昨日がたまたまひどかっただけかもしれないじゃない。ってことは、仙北谷店長は、今朝もいつもどおり？」

お客さんが本社に電話してこなかったら、何事もなくすませていたということだ。

『うん。でも、バイトがいつもどおりじゃなかった。この前、つぐみちゃんも会った、あの二人だよ。俺に、もう辞めたいって言ってきた』

「明良に？」

『店長、いつもギリギリ出勤だから。下手したら遅刻。でも、自分で勤怠を修正している。そういうの、バイトもみんな知っている』

「最悪……」

『クレームが起きた時も彼女たちが出勤していたんだ。やってられないからもう辞めたいって。それで、俺は昨夜の状況を知った……』

クレーム報告書にあった、若い女性とは彼女たちだったのだ。サラサラボブと黒髪清楚系。顔まではは っきり覚えていないけれど、いい加減だと思った彼女たちも、その状況では動かざるを得なかったのだ。どれだけ大きなストレスを感じながら働いていたのだろう。でも、さすがに店長に文句は言えない。まともに取り合ってもらえない可能性もある。彼女たちが頼れる社員は、店長ではなく明良しかいなかった。

『それを聞いたらさ、俺ももう黙っていられなくなっちゃって、店長が来た瞬間、怒鳴っちゃった』

いつもおっとりとした明良が怒鳴る。想像もつかない。でも、それほどこの三年間、明良が抱えてきたものは大きかったのだ。このままではいけないと、何とかしたくても店長に押さえつけられてきた明良。きっと三浦さんと同じだ。グラスに喩えるなら、縁のギリギリまで来ていた感情が、昨夜の一件でとうとう溢れ出した。

開店時間とほぼ同時にやってきた店長は、「ああ、昨夜は忙しかった。夜だけで三十万だよ。瀬戸くん、休みでラッキーだったね」と気だるげに言い、買ってきたエナジードリンクを飲みはじめた。まだお客さんはいないとはいえ、すでに開店したホールはバイトに任せきりだ。

だから、明良は怒鳴った。「いい加減にしてくれ!」と。「全部、バイトから聞いた。忙しくて大変な思いをしたのは、店長ではなくあの子たちだろう」と。

この三年間でどれだけ元々の常連客が離れ、バイトが入れ替わり、店の質が落ちたかを明良は語った。店長が休みの日は、自分ができるだけホールにも出て、何とかお客さんの信頼を取り戻そうと努力したとも話した。でも、店長が態度を改めない限り改善などありえない。もう無理だ。本社に相談する、とまで言った。

たぶん、仙北谷店長は明良を見くびっていた。キッチンをやれと言った時は素直に従った。おとなしくて従順。真面目だけが取り柄の、たいして主張のない便利な社員。

それが自分に意見してきたものだから驚いたに違いない。彼女が好き放題をしている裏でどれだけ明良が心を痛め、バイトをフォローし、立川店を陰で支えていたかなどまったく気づいてもいなかったのだ。

店長が言葉をなくしている時、電話が鳴った。それがクレームの詳細を確認するための三浦さんからの電話だった。仙北谷店長にとっては、ショックに追い打ちをかけられるようなものだっただろう。

『ランチタイムが終わる頃、営業部長と三浦さんが来て、店長と夜までずっと話していた。今夜もけっこう忙しくてさ、外で待っているお客さんもいたから、話し合いなら他の場所でやってよって思ったけど、店の一番奥のテーブルでずっと話していた』

「ああ、それはね、きっと忙しい時の店の状況も感じたかったからだと思う」

『そうか、なるほど。店長が仕事にならないから、俺が料理も運んでさ、結構大変だった。どうりで部長に見られている気がしたわけだ』

いよいよクリスマスが迫る一年でもっとも忙しい時期だ。駅直結の商業施設に入る立川店が連日忙しいのも納得できる。

「……明良、よかったじゃん。クレームは、まぁ、アレだけど、頑張った。言いたいことを言った。きっといい方向に進むから」

『うん……』

今回のクレームの衝撃はさすがに私にも大きくて、報告書を読んだ時からずっと心の底がざわついている。でも、部長と三浦さんが動いてくれている。涌井さんも気にしている。

私も私のやるべきことをしなくてはいけない。明良が殻を打ち破ったように。

それは、私にとって、やっぱり大きなことだった。私も頑張らなきゃ。いつも明良は私にそう思わせてくれる。

「それで、いよいよ結婚式のパーティーが明後日なのね」

堤さんがワインを注ぎながら私の話に興味を示した。

久しぶりの「キッチン常夜灯」。ざわつく心を抑えきれず、私の足は自然とここを目指していた。「シリウス」神保町店で食事会の予約を受けたことをひとしきり説明した私は、レンズ豆と豚スネ肉の煮込みを食べながら答えた。

「そう。いよいよなんです。ここにこぎつけるまで大変でしたけど、神保町店のスタッフも営業部の人たちも協力してくれて、ああ、ウチでもこんなことができるんだって、正直、驚いています」

クレームのことは言わない。気持ちを切り替えるために来たのだ。奥山さんの予約はそれとはまったく別のものだ。当日は心から晴れやかな気持ちで彼女たちを祝福したい。

話しながらワインを飲み、料理を口に運ぶ。その間に、気持ちはどんどん奥山さんのほうへと向かっていた。

香味野菜と煮込まれたレンズ豆は、たっぷりとスープを含んで口の中でやわらかくとろけた。メインの豚を食べる前から、レンズ豆だけで感動的な美味しさだった。

「何事も問題を解決しながら進んでいくしかないですからね。でも、会社ですから、知恵を出し合えば必ず手立てが見えてきますよ」

クレームのことは話していないのに、今夜もシェフの言葉に驚かされる。

確かに突然舞い込んだ食事会の予約は、問題と言えないこともない。それに、シェフは絶対に否定的なことは言わない。ここで話をしていると、何でも大丈夫な気がしてくる。だから好きなのだ。

「絶対に成功させますよ。当日は神保町店も人手が足りませんから、営業部みんなでヘルプに行こうって思っているんです。さすがに部長にはお願いできませんでしたけど」

ここに来る前、営業部全員にメールでお願いしておいた。当日のヘルプが必要なことは以前から伝えていたし、今も桃井さんと私しか決まっていない。でも、三浦さんと中園さんにも手伝ってもらいたい。営業部がひとつになってやり遂げるのだ。

今、私たちは自信を無くしている。何でもいいから成功させて、自信を持ちたい。持ってもらいたい。私が偉そうに考えることではないけれど。

「みんなベテランなんでしょう？　最強の布陣じゃない」

「そうなんです。みんなベテランです。だから楽しみなんですよ。神保町店は、店長もやり手ですから、一緒に働いて私たちも刺激を受ければ一石二鳥ですよね」

「みもざさんが目標にしている店長ですね」

「はい。たぶん、みもざはまだ敵わないな」

「今頃、みもざちゃん、クシャミをしているわよ」

堤さんが笑った。時刻は十一時半過ぎ。みもざも家で夜食でも食べているだろうか。

食後に堤さんにコーヒーを淹れてもらう。

「今夜はこれをいただいたら帰ります」

「応援しているわ」

明日は三上店長と直前の確認をして、いよいよ明後日に本番だ。

大丈夫。「常夜灯」のおかげで、私の心も落ち着いた。今夜は明良の声も聞けた。

間違いなく、奥山さんのパーティーはうまくいく。

当日の天気は快晴。気温は低いが十二月の空気はカラリとして、空の青色が濃い。きっと挙式での白無垢姿の写真も、青空に映えて綺麗に撮れるに違いない。

神保町店の奥のホールは午後一時がラストオーダーで、お客さんが帰り次第、立食パーティーの準備を始める。レンタルした備品も昨日届き、三上店長とすべて確認していた。

私と桃井さんは一時前に神保町店に向かった。私からのヘルプ要請に快く応じてくれた三浦さんと中園さんは、先に行ってランチタイムの営業にも加わっている。色々と思うところがあったのか、その日は丸一日、神保町店を手伝わせてほしいと三上店長に頼んだという。

この日はランチタイムも盛況だった。日曜日は平日のランチタイムの大半を占める会社員はいないが、天気がよければ古本屋を巡る人々、スポーツ用品を求めに訪れた人々で神保町は賑わう。何よりも今はクリスマス前。どこの街も賑わっている。

靖国通りに面した大きな窓を持つ神保町店は、窓の上部に今年からイルミネーションの灯るガーランドを設置した。二階とはいえかなり目立ち、それも集客に一役買っている。つまり雰囲気がいい。レジの横にも大きなツリーが置かれ、クリスマスと結婚のパーティー、まさに今日は華やかな一日になるに違いない。

パーティーの段取りは、三上店長がホール、キッチンスタッフともに朝礼で伝えてくれている。つねに忙しい神保町店のスタッフの結束は強く、三上店長の人望は厚い。

私は朝から興奮していた。

午後二時前には奥のホールのお客さんはすべて席を立ち、三上店長はさっそくスタッフに指示を出して、テーブルのレイアウトを変え始めた。

そこからは急ピッチだった。テーブルの半分を壁側に寄せて、料理を並べる台にする。残りで新郎新婦の席を作り、いくつかはお客さんが自由に使えるようにホールに点在させる。椅子は壁に沿ってずらりと並べる。

私が椅子を並べていると、新入社員の暮林くんが飛んできて、「僕がやります」と私の手から椅子を奪った。本社のスタッフに手伝わせてはまずいと思ったに違いない。

私は笑って首を振った。「今日は手伝いに来たの。私も新入社員の頃はここで走り回っていたんだよ」

「椅子もテーブルも運び慣れているから気にしないで。それにね、私も三上店長の後ろを追いかけていた。それに、椅

暮林くんはぽかんとしていた。

子もテーブルも、会議の準備で毎月、嫌と言うほど並べている。

しだいに準備が整っていく。料理用のテーブルには真っ白なクロスが掛けられ、桃井さんと神保町店のキッチンスタッフが、レンタルしたスープウォーマーや料理を並べる大きな角皿をセッティングしている。奥山さんが依頼していたお花が届き、ふたつのホールを行き来していた三上店長が、配達員に設置する場所を示している。

開会三十分前に奥山さんご夫妻が到着した。

式を挙げた靖国神社から着替えて直行したそうで、二人ともまだ緊張が解け切らない顔をしていた。

奥山さんのドレスとご主人のタキシードは、いずれも今回の式をプロデュースしたコーディネーターさんと選んだものだといい、彼らが店内に入ってくると、入口側のホールの客たちの注目の的となった。まさに今日の主役は彼女たちだ。誰からともなく上がった拍手に包まれ、彼らの顔にようやくいつもの笑顔が戻る。

彼らが持参した手作りのウェルカムボードを奥のホールの入口に置くと、すっかりパーティー会場が整った。準備のためにいったい何度、奥山さんはこの店に足を運んだことだろう。まさに新郎新婦自らが作り、ゲストをもてなす食事会だ。

開会は午後三時。続々と招待客が集まってくる。中には、奥山さんと学生時代にここに通ったお客さんもいるだろう。店長や暮林くんに挨拶をしているのは、近くの会社にお勤めだという新郎新婦の同僚だろうか。普段とは違う奥山さんご夫妻に「おめでとう」「きれい」と感嘆しながら、ずらりと並んだ「シリウス」の料理にも歓声を上げている。

「今日は私たちのためにお集まりいただき、ありがとうございます。先ほど無事に、ここ靖国神社で式を挙げてきました。緊張が解けたら、私たちもお腹ペコペコです。ここ『シリウス』さんには、私の人生のおよそ半分の思い出が詰まっています。両親や友達、会社の仲間、そして彼との絆を深めたこの場所で、今日は大好きな方々と楽しく食事ができることを嬉しく思います」

奥山さんの言葉に、何だか私まで胸の奥がギュッとなる。人生の半分の思い出。そんなふうに「シリウス」を思ってくれるお客さんがいる。

微かに洟をすする気配を感じ、顔を上げるとなんと三上店長が涙ぐんでいた。ふっと目をそらし、気づかないふりをする。

ここは私たちにとっても大切な場所なのだ。毎日、何人ものお客さんに料理を運び、笑顔にする。それこそ一日の半分以上の長い時間をここで過ごす。彼らがもてなしてきたお客さんが、結婚という大きな節目でこの場所を選んでくれたのだ。そりゃ、泣ける。

乾杯は、スパークリングワインのグラスを配った。奥山さんの希望だ。普段、「シリウス」にはないものだが、取引先の酒屋さんに頼んで届けてもらった。

「乾杯」とそれぞれがグラスを掲げると、奥のホールの様子に気づいた入口側のホールのお客さんからも拍手の音が響いた。店全体が祝福の空気に包まれる。

乾杯が済むと、新郎新婦が率先して料理台に向かった。友人たちに、「このハンバーグが最高なの」「新作のスープ、飲んでみて」『シリウス』と言ったらドリアなんだから」などと、それぞれの料理をおすすめしてくれている。

これには招待客たちは爆笑し、私も、三上店長も、料理台のそばに控えていた桃井さんまで笑ってしまった。

楽しかった。使用済みの皿やグラスをバックヤードに下げ、洗い上がった新しい食器を運ぶ。料理の追加を確認する。頼まれて写真を撮る。忙しいけれど、充実していた。

入口側のホールも満席が続いていた。奥のホールが気になって入ってきたお客さんもいるようだ。三浦さんが料理を運んでいる。胸を張ってテーブルとテーブルの間を颯爽と歩いている。笑顔でお客さんの前に料理を置く。あんな表情、本社で見たことがあっただろうか。

バックヤードを確認に行っていた三上店長が戻ってきた。それぞれのホールとバックヤードを行き来して、どちらにも注意を配っている。

「あっちのホールはほとんど三浦さんが回してくれているよ。ウチのスタッフも安心して動いている。いい感じだ。さすがだな」

三浦さんは三上店長よりも十年は先輩だ。たぶん私が見ている三浦さんと、三上店長が見てきた三浦さんは違う。私は今も足早に料理を運んでいく後ろ姿を目で追いながら言った。

「ベテランですから」

それぞれ違う役割で動いていても、店がひとつにまとまっている。社内で一番の売上を上げる、結束の強い神保町店のチームに私たちが加わっている。

私はわけもわからずに感動していた。たとえばミュージカルや芝居、ライブに行って、その場の空気に圧倒され、感極まって涙が滲むのと似ている。まさか仕事でこんな気持ちになるなんて考えもしなかった。ああ、今ここで、この人たちと一緒に仕事ができてよかった。心からそう思った。

およそ半年の間に私は変わった。忙しさは変わらないのに、私の中の何かが変わった。私の生活に起きた、ただひとつの変化。「キッチン常夜灯」を知ったことだ。

シェフや堤さんと出会い、美味しい料理をいくつも食べた。何人もの常連客の会話を聞いた。真夜中のほんのひと時を一緒に過ごした相手から、私は多くのことを教えられた。お腹を満たす飲食店なのに。

でも、違うのだ。「常夜灯」が満たすのはお腹だけではない。心まで温かく満たしてくれる。夜が明けたら戻って行かなくてはいけない「自分の場所」で、頑張ろうという勇気を与えてくれる。同じ飲食店なら、「シリウス」もお客さんにとってのそういうお店でありたい。きっとみもざもそう思えたから、あれほど前向きでいられるのだ。

奥山さんご夫妻は、新郎新婦の席で仲良く食事をしていた。彼らの同僚や友人たちも、思い思いに料理を楽しんでいる。

その様子を眺めてふと思った。もしかしたら、三上店長はもう神保町店をそういうお店にできているのかもしれない。単に立地がいいだけでは、毎日あれだけのお客さんは訪れないだろう。

桃井さんがデザートの載った大きな銀盆を持ってくると、お客さんたちから歓声が上がった。さすがにウエディングケーキは用意できなかったが、「シリウス」で扱っている数種類のケーキを小さくカットして盛り合わせたのだ。料理はこれで最後となる。

「うまくいったな」

横に来た三上店長が言った。

デザートを見た奥山さんご夫妻は、とろけるような笑顔になっている。

「見てください、店長。奥山さんたちのあの表情……」

「うん、いい顔だ」

「幸せそうですね」

「〝そう〟じゃなくて、幸せだろう」

「ですね」

「いいもんだな」

「はい」

「俺は、お客さんのあんな顔を見るのが何よりも好きなんだ」

三上店長は目を細めて奥山さんたちを見ていた。口元は微笑んでいる。

「……私、最初にこのお店に配属されてよかったです。最初に出会った店長が、三上店長で本当によかった」

「なんだそれ」

「新入社員にとって、最初に出会う店長の存在って大きいんですよ」

あの時、大きいと思った存在は今も私の中で大きい。自分の信念がしっかりと仕事に重なっている。少し城崎シェフに似ているかもしれない。そういう生き方を私もしたい。

視線は自然と新郎新婦へと向かう。いつか私も、と思う。結婚はゴールではない。仕事も、人生も続いていく。少なくとも私は続けていきたい。一緒に歩む人ができる。

それだけだ。でも、その存在の大きさを知っている。明良と離れて不安だった日々が、それを気づかせてくれた。

「どうなんだよ」

三上店長が横目で私を見る。三上店長は、私に彼氏がいることを知っている。

不思議だ。三上店長はかつて好きだった人で、今もこの人を素晴らしい人だと思う。でも、今、私が好きなのはやっぱり明良なのだ。さっきから明良の顔が頭に浮かんでいる。

「急ぎませんから」

「リードすりゃいいだろう。いいもんだぞ」

「自分はさっさと手放したくせに」

「野々宮経理部長が今、幸せなら、いいんだよ」

「私、リードなんてしません。必ず行きつくところへ行きつくって、信じられますから」

「頑張れよ」

三上店長が笑った。私も笑う。

パーティーが終わり、奥山さんたちを送り出すと、今度は夜の営業に向けて再び奥のホールを慌ただしく片付ける。

午後六時半にはお客さんを迎える準備をすっかり整えた。

それを見届け、私と桃井さんは本社に帰ることにした。三浦さんたちは、予定どおり閉店まで神保町店を手伝うと言う。

半日とはいえ一緒に働いた暮林くんや他のスタッフたちが、私と桃井さんに「お疲れ様でした」「ありがとうございました」と声を掛けてくれた。みんないつもと違う仕事をして高揚していた。生き生きとした彼ら、彼女らに見送られた私たちまで興奮が収まらず、本社に帰ってからもパーティーのことを語り合っていた。

その翌日、私は「キッチン常夜灯」へ向かっていた。珍しく早い時間だった。

奥山さんのパーティーが成功したことを報告したかったし、何よりもシェフの料理が食べたかった。いつもどおりの空腹を抱え、私はすっかり通い慣れた坂道を上る。

「常夜灯」の玄関ドアには小さなクリスマスリースが飾られていた。

いよいよクリスマスが迫っている。しかし、ロマンティックな想像よりも、来週の後半には全店舗のクリスマス装飾を撤去して、この一本裏通りの倉庫に運び込まねばならないと、現実的な考えに行きつくのがやっぱり私だ。

「いらっしゃいませ」

美味しそうなにおいと明るい声に迎えられ、今夜もカウンター席に座った。この時間でも店内は賑わっている。

「つぐみちゃん、またビールかしら？」

「今夜はワインかな」

「スパークリングにする？」

「いいですね。ええと、お料理は……」

スペシャリテが並ぶ黒板を見る。牡蠣、フォアグラや仔牛、ホロホロ鳥など、華やかなメニューが並んでいる。クリスマスを意識しているのだろう。ここで気の置けない友人と過ごすのもいいし、一人でシェフの料理を楽しむのも悪くない。

メニューにキッシュを見つけ、以前、出会った「先生」のことを思い出した。

「シャンピニオンのキッシュと、仔牛のブランケットをお願いします」

仔牛。食べたことがない。ちょっと特別な気がして、今の気分にちょうどいい。

どんな時でも穏やかな「常夜灯」に来ると、何も変わらない日常が続いている気がする。つい昨日のパーティーなど、もうずっと昔のことのような気がするし、まるで自分が関わっていなかったような気にもなる。でも、確かに私がやったのだ。じんわりと込み上げてくる気持ちは満足感だろうか。それを嚙みしめながら、繊細なスパークリングを味わう。

キッシュはすぐに出てきた。先生が絶賛していたキッシュにようやく出会えた。

大きめにカットされたキノコが断面にびっしりのぞいている。いったい何種類入っているのだろう。キノコ独特のなめらかな舌触りと、それぞれ違う食感が楽しすぎる。それを埋めるようなアパレイユもやわらかく、しっとりとしみ込んだ底の生地がまた最高だった。

「美味しい。シェフ、これ、本当に美味しいです。色んなキノコが入っていますね」

「セップ茸、マッシュルーム、舞茸に白アワビ茸です。そろそろ先生もお見えになるといいのですけど」

「ぜひ食べていただきたいですね」

それから店内を見回して訊ねた。開店から一時間経った午後十時。店内はほぼ満席で心地よい賑わいがある。クリスマスが近いからかもしれない。

「ここ、やっぱりクリスマスは混むんですか?」

「いつもと同じです。真夜中ですから」

「でもやっぱり混むでしょう。私は毎年仕事ですけど、それでもクリスマスって特別な感じがしますよ。たとえ夜中だって好きな人と出かけたくなっちゃいます。より特別な夜にするために」

「特別にしなくてもいいのではないですか。いつもの日々をいとおしむ日、っていうのもいいものです」

「たとえば？」

「そういう時こそ、大切な人と自宅で過ごすのも素敵だと思うのです。ワインでも飲みながら、温かい部屋でゆっくりと語らう。今あるものの喜びを分かち合う。そういう時間も大切ではないですか」

そうかもしれない。どうして、イベントや記念日こそ流行りの店や場所に行きたくなってしまうのだろう。特別な日は特別な場所で。そういうふうに思い込んでいる。

「シェフはフランスにいた頃、恋人とそういうふうにクリスマスを過ごしたんですか」

「さぁ。どうでしょう」

シェフは曖昧に笑った。「でも、家族で過ごす人が多いですよ。ごちそうを用意して、みんなそろってゆっくりと料理を楽しむ。そのためにたっぷり時間をかけてごちそうを用意するんです。まぁ、日本とはクリスマスの意味合いも違いますから」

シェフの言葉でいつも気づかされる。

明良が求めていたのは、きっとそういう関係だ。

出かけようと言っても、なかなかベッドから出てこない明良。それを引きずり出すのもじゃれ合っているようで楽しかったけれど、どうしてあの時、私ももう一度ベッドにもぐり込まなかったのだろう。あれ以上温かい場所などどこにもないというのに。

「お待たせいたしました」

シェフがカウンターに深さのあるお皿を置いた。ふわりとブイヨンとバター、クリームの混ざり合った美味しそうなにおいが漂う。

仔牛のブランケットだ。仔牛肉のクリーム煮、というくらいの知識しかない。思ったよりもさらっとしていて、程よい大きさのお肉と野菜がごろっと入っている。全体的に白っぽい料理に、ニンジンと散らされたパセリのグリーンが鮮やかだ。

よく合いますよと、シェフはバターライスの載ったお皿も横に置く。

「いただきます」

ナイフとフォークを握り、お肉を口に入れる。やわらかい。普段食べる牛肉とはまるで違う。仔牛肉とはこうも繊細なものなのかと思う。やわらかくとろける肉質が、なめらかであっさりとしたクリームソースによく合う。一緒に煮込まれたカブも中までブイヨンの味がしっかりしみていて、口の中でたやすくとろけた。

「お肉も野菜もびっくりするほどやわらかいですね。美味しい」

「ありがとうございます。ブランケットは白く仕上げるのがポイントです。赤みの薄い仔牛の肉を使うのもそのためなんです。それを洗い、軽く茹でてさらに白くする。最後はレモンを加えてさわやかに仕上げる。フランスでは昔から食べられてきた家庭料理ですが、私たちにとっては普段は食べ慣れない特別なお料理ですよね。つぐみさん、料理はしますか」

「今は、あまり」

「では、料理も今のつぐみさんにとっては特別なことです。大切な相手とお二人でゆっくり、こんな料理をして過ごすのもまた素敵なことだと思いますよ」

初めてここに来た時、みもざたちの前で、明良とうまく行っていないことをついポロポロと話してしまった。そして、メニューが秋らしく変わる頃、なんとなく関係が改善しつつあることもみもざに話した。会話からシェフも感じ取っていたに違いない。

「……私も、今、一緒にこんな美味しい料理を食べたいって思いました」

「いくらでもレシピを教えます」

「私じゃ、こんなに美味しくできません」

「つぐみちゃん、今、彼氏とそういうふうに過ごす自分をイメージしたでしょう」

堤さんに言われる。した。今までそんな自分など想像しなかった。明良と一緒にとにかく出掛けたかった。

ここに行った、これをやった。行く先々でスマホの写真に収め、充実している自分を確認したかった。そうしないと、不安だったのかもしれない。

でも、今はわかる。そういうことじゃない。私が本当に欲しかったのは、ただそばにいるだけで心を満たしてくれる存在だ。その人といるだけでいい。

ふとしたことで笑い合う。朝、カーテンを開けて「雨だね」と言えば、「ホントだ」

と答えてくれる。コンビニのごはんでも、「美味しい」と言える。そういう相手がいるだけで、どれだけ救われていただろう。いや、あの頃は救いだなんて思わなかった。当たり前すぎてその大切さに気づけなかった。もう手放したくない。

「あれ、美味しそうなの、食べている」

「先生！」

いつの間に来店したのか、久しぶりに会う先生が、私の食べかけのキッシュを見て目を輝かせていた。

「また突然いらっしゃいましたね。でも、そんな気がしたんです」

「もう、いつもそうなんだから」

どうやら驚かせようと、ドアベルが鳴らないようにそうっと入ってきたらしい。まるでいたずらっ子だ。先生はたまたま空いていた私の隣に座った。

「もうすぐクリスマスですから。そういう時って、やっぱり会いたくなるじゃないですか」

おしぼりを手渡した堤さんに、先生は微笑む。

「確かにもう何日も帰ってきていないわね。ちゃんと眠っているの？」

「適度に。寝る場所はいくらでもありますから。忙しいと帰るのも面倒になっちゃうんです。この時期、お酒を過ごして運ばれてくる方なんてのも多くて、本当に忙しいんです」

堤さんと先生のやりとりに、なんとなく店内がしんとなる。いつもの常連客との会話。いや、でも何か違うような。

「この寒い季節に彷徨されるよりずっといいわ。でも、もっと会えてもいいんじゃない？」

「ご心配おかけします。シェフにも」

今夜は常連客ばかり。誰もがじっと二人を見詰めている。

シェフはチラリと堤さんを見た。店内の空気を感じ取ったのか、堤さんもシェフを見上げ、にっこり微笑んだ。シェフが小さく咳ばらいをする。

「先生は、堤さんのご主人です」

ええっと店内がざわめいた。人気者の堤さんが既婚者であることは、おそらく誰もが知っていたが、ご主人については謎のままだったらしい。

「あらあら、サプライズのクリスマスプレゼントになっちゃったかしら」

堤さんはあっけらかんとしていて、先生も相変わらず茫洋と笑っている。

「……だからオムレツとか、朝食メニューとか、わがままを聞いていたんですか」

思わずカウンターに身を乗り出す。

「……違います。先生は基本的に肉料理が好きではないのです」

「苦手なのは内臓料理じゃなくて？」

この前は一緒にトリップのカツレツを食べた。でも、明らかに無理をしていた。

「先生は、お肉も、お魚も、あまり好まれません」

「やっぱりわがままなのよね」

堤さんが先生の肩をつつく。先生は照れたように笑っている。

「……だから玉子料理だったんですか」

「初めて先生が来た時、ひどかったのよ。徘徊してきたって言っていたでしょう。本当にもうボロボロ。仕事中、ろくに食事もしていなかったんでしょうね。今よりもずっと痩せていたわよね」

「あの時、何時間連続勤務だったんだろうなぁ。とにかく寝てなかったし、いつ食事したかもわからないくらい食事もできていなかった。見かねた同僚が、休んで来いって言ったのもまた悔しくて、結局ぶっ倒れたんです。情けないことに」

「……なんのお仕事ですか」

先生はちょっと顔を上げて、入口のほうを指さした。

「そこの病院の医者です。隣駅の大きい病院。救命救急センターですよ」

私は驚いて声も出ない。お医者さん。迷いが許されない仕事だと言っていたが、そのとおりだ。迷われたら困る。

「先生は負けず嫌いなのよね。飄々としているけど、もっと頑張らなきゃって、すぐ自分を追い詰めちゃう」

「お疲れのようでしたので、私の料理で元気になってもらおうとしたのですが、肉も魚も苦手だと。でも、それでは大変な仕事で体力が続きません」

「食べられないってわけじゃないんですけど、好きではないんです」

「やっぱりわがままよね。この前のトリップは、カッコつけてみたくなったんでしょ。負けず嫌いだから」

先生を見つめる堤さんの瞳が優しい。

「そう、僕は負けず嫌いなんです。ここに初めてたどり着いた時、はっきり言って死にそうにしんどかった」

「話すの？」

「言わせてください。みなさんに聞いてもらいたい」

先生はカウンターから振り向いて、店内を見回した。常連客達はじっと先生を見守っている。

「おう、話せ。今夜は聞くぜ」

そのうちの一人、いつも大声で笑う常連客が言った。先生は頷く。

「僕、自分で言うのも恥ずかしいけど、勉強がよくできたんです。まわりがお医者さんになれるわねって言うから、医者になろうと思いました。実際、憧れていたんです。人の役に立つ仕事をしたいって、小さい時からずっと思っていましたから。だからひたすら勉強しました。もとから勉強ができたといっても、実際はものすごく大変でしたよ。でも、こうやって憧れた職業に就くことができた。救命救急も希望どおりです。とにかく夢中で頑張って、もっともっと勉強したいと思いましたから」

先生は口元にわずかに笑みを刻んだまま、淡々と語った。

「でも、僕、なんというか、人よりも体力がないんです。勉強ばかりしてきたせいか、昔から好き嫌いが多かったせいか、ちょっとでも無理をするとすぐに体調を崩すし、疲れてしまう。たまにテレビで見かける救命救急のお医者さんって、精悍なイメージありません？　僕はまだぜんぜん若手ですが、はっきり言って真逆です。よくぶっ倒れて、どっちが患者だって怒られます。根性がないなんて言われることもあります。でも、どうしようもない。だいいち、あの忙しさで自己管理ができている人がすごいと思う。僕はそういうのができないんです」

「それで千花ちゃんとシェフか」

さっきの男性客がしみじみと言った。「導かれてここにたどり着いたのかもなぁ。俺たちも終電を逃して、どこかに朝までいられる居酒屋はないかってウロウロしているうちにここを見つけたんだもんなぁ」

「あの時はすでに酔っていましたからねぇ。こんな路地裏に入り込んだことも気づいていなかった」

連れの男性も笑っている。確かにここは簡単に見つけられる場所ではない。

「シェフは僕のために料理を作ってくれました。食べられないものを丁寧に聞いてくれて、食が細かった僕のために、栄養のある料理を食べさせてくれました。千花ちゃんは、いつも話を聞いてくれた。僕、地方の出身なんです。東京に来てから一人で抱えていたものを、全部聞いてくれました。千花ちゃんの笑顔とシェフの料理は、間違いなく僕の体と心に栄養をくれたんです。ここで話をしていると、元気が出てくるんですよ」

「千花ちゃんは、すっかり先生にほだされちまったわけか」

堤さんは先生の後ろに立って笑っている。いつも笑っているけれど、ことさら優しい顔をしている。

「久能さんったら。違うんですよ。だんだん、先生が来るのが楽しみになったんです。次はいつ来てくれるかしら、今夜は来るかしらって。私、ここで毎日楽しくしているんですけど、先生が来るともっと楽しいんです。そしたら、ケイがそれは恋だって」

思わず飲んでいたワインを吹きそうになる。「常夜灯」のこういう雰囲気が好きなんだなぁと思う。

久能さんと呼ばれた男性客は豪快に笑っている。先生も笑っている。シェフは少し恥ずかしそうに、それでも口元には笑みが刻まれている。

「常夜灯」のドアを開けると、笑顔の堤さんがいつも「いらっしゃいませ」と飛び出してくる。もしかしてドアベルが鳴るたびに、先生が来たのかもしれないと迎えに来るのかもしれない。包容力があって時に頼もしい堤さんが、やけに可愛らしく感じられる。

「たまにしか会えなかったら、さすがに寂しくないですか」

私は訊ねた。私はそうだった。

堤さんと先生は顔を見合わせた。先に口を開いたのは先生だった。

「寂しいですけど、千花ちゃんはここにいるってわかっていますから。ここで毎日、楽しく料理を運んだり、ワインを注いだりしているんだなって。それに僕は、今はまだ必死に頑張る時期だって、自分でちゃんとわかっています。千花ちゃんは、もうそういう時期を乗り越えて今の毎日を手に入れている。僕はまだまだです。正直、社会に出てまでこんなに毎日しんどいなんて、学生の頃は思っていなかった。でも、頑張れる理由を見つけられたから、僕は大丈夫なんです」

「先生はね、いずれは僻地医療を支えたいって考えているの。先生の故郷、とてもいいところなのよ。山が迫っていて空気も水もきれい。でも、それは東京から初めて訪れた私の感想。もちろんそこに暮らす人たちもその土地を愛しているわ。だけどね、暮らしやすいかどうかはまた全然別の話なのよ」

「おいおい、先生、千花ちゃんを連れて行かないでくれよ」

久能さんが悲鳴をあげた。

「どうでしょう。千花ちゃんが、一緒に行きたい、と言ってくれれば。でも、僕はお互いに好きなことをやっているのが一番だと思うんです。だって、千花ちゃんはここでこんなにみなさんに愛されている。何よりの理解者のシェフがいる。筋が通ったシェフは僕の憧れでもあるんです。だって、シェフのオムレツ、一度だって焦げ目がついていたことがないんですよ。僕のわがままに応えてくれているだけなのに」

先生は堤さんを見て、シェフを見た。

「だから、彼女の居場所はここだと思います。でも、お互いにどうしても一緒にいたいとなったら、その時はずっとそばにいます」

飄々として、どこか浮世離れした先生の言葉には、しっかりと芯が通っている。

「先生、そうなってもちゃんと食事だけは摂ってくださいね」

少しからかうように、でも心配そうにシェフが言う。

「嫌だな。大丈夫ですよ。それにまだずっと先のことです」

「でも、今夜は私に会いたくなったから来たんでしょう。知っているのよ、いつも仕事のことで頭がいっぱいの先生が、どんな時にここに来るのか」

堤さんに見つめられ、溌溂としていた先生の顔から笑みが剝がれた。くしゃっと目元が歪む。でも、すぐに情けなさそうに笑った。

「うん、今日はしんどいことがたくさんあった……」

先生はお医者さんだ。その「しんどいこと」は、たぶん私の想像を超えている。

「頑張ったわね」

堤さんはいつものように優しく笑う。私たちによくするように、温かい手を先生の背中にそっと置く。先生は目を閉じた。その様子に、私の胸までじんと温まる。

「いいなぁ。私も会いたくなっちゃいました。会いたいのはいつもなんですけど、今夜は特に」

「目的地が見えたのなら、もう行くしかないんじゃないですか」

顔を上げた先生が言った。椅子の上で腰が疼く。今すぐ立ち上がってしまいそうだ。

「まだ電車、動いているわよ」

堤さんと先生が結託する。さすが、息が合っている。

「明日も仕事ではないんですか」

心配そうにシェフが訊ねた。

「余計なことは言わない！」

先生と堤さんが声を揃える。

「大丈夫、会社のロッカーに着替えも一式入っています」

私はとうとう立ち上がった。電車は動いているとはいえ、西国分寺は遠い。終電も早い。

「つぐみちゃん、お会計は次でいいわよ」

「ありがとうございます！」

まさかのつけ払い。すっかり常連さんだ。

「お気をつけて。次はぜひ一緒にいらしてください」

シェフの言葉に、振り返って頷いた。

路地裏の坂道を駆け下りる。寝静まった街に、タッタッタと軽快な足音が響く。目の前に東京ドームホテルが迫ってきた。駅はもうすぐそこだ。

ランニングをしていてよかった。十二月の真夜中。走っても汗はかかない。

電車に駆け込んでから、明良にメッセージを送った。

「今から行くよ」

付き合いはじめた、あの頃のよう。すぐに返事がきた。

『駅まで迎えに行く』

きっと明良は私に話したいことがたくさんあるに違いない。これまでのこと、クレームのこと、その間、どういう思いでいたか。私と同じくらい明良だって様々なことを考えながら過ごしていたはずだ。

私もだよ、明良。私も話したいことがたくさんある。でも、その前に。

人がいても構わない。思いっきり抱きしめて、こう言うのだ。

「頑張ったね」と。

エピローグ

ミーティングルームに明良が来ている。総務部の涌井さんと面談をしている。本社に明良がいるなんて不思議な感じだ。私は落ち着かない気持ちでパソコンに向かっている。

神保町のオオイヌ本社。

立川店のクレームを受けて、急な辞令が発令された。

仙北谷さんは、立川店の店長を解任され、神保町店に異動になった。三上店長のもとで修業してこい、という形だ。

立川には高尾(たかお)店にいた早見先輩が異動してきた。先輩がサポートしていた女性店長はすっかり独り立ちできたというのも理由らしい。

今日の面談は、明良に立川店の店長をやるつもりはあるかという打診ではないか、と思っている。人事のことは辞令が出るまで明かされない。だから、私の勝手な臆測だ。

それが終わったら、今夜は明良と一緒に「キッチン常夜灯」に行く。シェフと堤さんには、二人でゆっくり過ごせばいいじゃないと言われそうだけど、せっかく神保町まで出てきたのだから、私が大好きなお店に連れていきたい。一緒にシェフのお料理を食べたい。

真夜中、腹ペコのお客さんがたどり着く、居心地のよい「常夜灯」。きっと明良は驚くだろう。そして、絶対に気に入るはずだ。

ミーティングルームのドアが開いた。明良と涌井さんが出てくる。どういう話し合いになったのだろう。表情からはわからない。

私はちょっと顔を上げて、明良に目配せする。この後、私の仕事が終わるまで、明良は近くのカフェで待っていてくれる約束だ。

こういうのは、何だか久しぶりで気持ちが躍る。あと一時間。絶対に定時で会社を出る。そう決めていた。段取りも整えてある。

今日は三浦さんも中園さんも営業部にいる。しばらくの間、店舗巡回が強化され、私たちは担当店舗を回っていた。だが、そう簡単な問題ではないことは、もう本社中の誰もがわかっていた。ちょっとばかり店を見て、気づいたことを伝えて改善される問題ではない。

だから、涌井さんが動いた。三年前、店長に命じられた女性社員の全員と、改めて面談をすることになったのだ。

きっと、この三年間の色々なことを訊くのだろう。彼女たちも、涌井さんにならすに違いない。あの時、「女性活躍」の取り組みとして、涌井さんから店長の打診を受けた彼女たちは、その時の不安や迷いを打ち明けていたはずなのだから。

今日の面談はまた別だ。立川店の問題は大きかった。お客さんの手前、早急に店長を交代させる必要があったからだ。

私はパソコンの電源を落とすと、急いで帰り支度を始めた。

本社の仕事はきりがない。だから、自分で今日はここまでと決めるしかない。少しでも欲張ると、帰るタイミングを逃してドツボにはまる。

私でなくてもいいのだ。もしかしたら、いや、きっと三浦さんのほうが、私よりもよっぽどうまくクレームの対応ができる。今はそう思う。

約束のカフェに行く。すぐに明良が立ち上がって手を振ってくれた。ずっと入口を気にしていたのだろう。そういうところが、やっぱりかわいい。

まだ「常夜灯」の開店まで少し時間があるから、私もコーヒーを注文して明良の向かい側に座った。明良の前には温かいミルクティーが置かれていた。

「どうだったの、面談」

「言っていいのかな」

「どうせすぐわかることでしょ。いいじゃん。どう答えたの」

ちょっと迷った明良は、まっすぐに私を見て言った。

「店長は、早見さんに任せた」

「そう来たかぁ」

「ごめん、ガッカリした？」

「ううん。全然。早見先輩もとうとう店長をやることになったかって」

「うん。俺、もう少しマネジメント業務、勉強したいし」

明良の表情に迷いはない。

クレームの電話があった当日、立川を訪れた営業部長からお叱りを受け、さらに様々な改善を指導された仙北谷店長は、体調不良を理由にしばらく休んだ。

立川店には三浦さんがヘルプに行き、明良もその間は休みなく出勤した。三浦さんは明良にホールを任せ、お客さんの信頼を取り戻してほしいと頼んだらしい。けれど、三浦さんもいつまでも立川店にいるわけにはいかない。そこで早見先輩がやってきた。

「俺、あのまま三浦さんが店長でもよかったんだけど」

「それもアリだよね。でも、人事の考えは違った。営業部に、店舗のことをしっかり理解できるエリアマネージャーが必要だって。三浦さん、これからはもっとしっかりしないといけないなぁ」

「ちょっと気が弱そうだったからね。でも、店では頼りになったよ。やっぱりベテランだよね。早見さんも俺と相性がよさそう」

「早見先輩も頼りになるよ。間違いない。私、あの人が一番、本来の営業部らしい仕事をしていると思う。色んな店舗に潜り込んで、しっかり店長を育てている。だって、それまで本社にいて、良くも悪くも全店の状況を見てきたんだもん。もしかしたら、社長と涌井さん、そういう思惑であの人を店舗に異動させたのかもしれない」

「なるほど」

「おかげで、先輩の仕事は全部私に回ってきたけどね」

「でも、つぐみちゃんは、ちゃんとこなしている」

「愚痴を言いながら、だけどね」

「俺も、頑張るよ。立川店を立て直す」

「一緒に、頑張ろう」

開店直後の「常夜灯」に、私たちは一番乗りだった。

堤さんは満面の笑みで「よく来てくれたわね。さぁ、入って、入って」と後ろに回って私たちの背中を押した。

店内はひっそりとしていて、カウンターの中ではシェフが「いらっしゃいませ」と、いつもと変わらず控えめに微笑んだ。後ろでは大きな鍋がやわらかな白い湯気を上げている。

「シェフ、やっと一緒に来ることができました」

「外は寒かったでしょう。温かいスープはいかがですか。今夜はガルビュールです」

「ガルビュール？」

「生ハムの旨みを活かした野菜たっぷりのスープです」

「シェフの修業先に近い地方のお料理よ。美味しいわよ」

にっこり笑った堤さんにワインを頼む。

「常夜灯」のカウンターに明良と並んで座っている。何だか夢みたいだ。

少し動くと肩が触れる。その近さがたまらなく嬉しい。

そわそわする私に気づいて、明良がこちらを向く。「何。どうしたの」

近すぎて、ますます頬が緩んでしまう。今日の私は締まりがない。

「もう。つぐみちゃんったら、よっぽど嬉しいのね」

「だって、ずっと一緒に来たかったんですから。こんなにゆっくり会えたのは、本当に久しぶりなんですよ」

また明良の横顔を見つめる。メニュー紛失事件の時は、あまりにも久しぶりに会ったこともあってすっかり痩せた姿に驚いたが、今、こうして見る横顔は、事態が改善しつつある安心感とこれからの期待に満ちていて、悲愴な感じはない。むしろ以前のような甘さがなくなり、精悍な印象になった。カッコいい。

「そうだ、シェフ」

ガルビュールに沈んだインゲン豆をすくいながら、シェフを見上げた。

「夏に作ってくれたニンニクのスープ。作り方、教えていただけませんか」

「ニンニクのスープ？」

明良が驚いている。私も聞いた時は驚いた。

「美味しくて、元気が出るの」

「ぜひ作ってみてください。あのスープは、家族の体を労わる優しいスープです。疲れた時、弱った時、寒い時期は風邪を引いた時にもいいですね。後でメモを渡します」

「ありがとうございます」

ガルビュールを飲み終えた私たちは、「美味しかったね」と微笑み合った。

明良は顔を上げて、黒板のスペシャリテを眺めている。

「つぐみちゃん、次のお料理、まだ決めていなかったね。何がいい？」

「明良の食べたいものでいいよ。シェフのお料理は全部美味しいもの」

「じゃあ、お肉。お肉とサラダ。シェフ、どれがおすすめですか」

ちゃんとバランスを考えている。私と同じなのは、きっとこれまで何度も一緒に食事をしてきたからだ。

「牛肉の赤ワイン煮込みはいかがですか。トロトロですよ。サラダは温かいシェーブルのサラダがおすすめです」

「どっちも美味しそう。つぐみちゃん。シェフのおすすめでいい？」

「もちろん」

注文を終えると、明良は少し身を乗り出すようにして、私の顔を覗き込んだ。

「明日は休みだね。どうする？　どこに行く？」

ようやく二人で過ごす休日だ。会えなかった間、次のデートのためにいくつも行きたい場所を考えた。考えることを慰めにして、自分を奮い立たせてきた。どこも最新のスポットばかりだった。でも、もうそんな必要はない。

「どこにも行かなくていいよ。のんびり過ごせばいいじゃない。温かい家の中でさ」

明良は何度か瞬きをして、微笑んだ。

「外は寒いもんね」

私はそっとカウンターの上の明良の手に、自分の手を重ねた。

シェフは料理に集中し、堤さんは入口でお客さんをお迎えしている。

今、私はとても満ち足りている。特別なものなど何も必要ない。

明日は大好きな人と温かい部屋で過ごす。それがたまらなく楽しみだった。

話したいことはたくさんある。明良のことをもっと知りたい。今まで知っていることと以上に、じっくりとお互いのことを理解し合いたい。それはきっと、どんな映画を観るよりもずっといい。

でも。

桜が咲く頃になったら、外に出て一緒に隅田川テラスを散歩したい。

走らなくていい。ゆっくりと、のんびりと、並んで歩きたい。

本書は書き下ろしです。

キッチン常夜灯(じょうやとう)

真夜中(まよなか)のクロックムッシュ

長月天音(ながつきあまね)

令和6年 5月25日　初版発行

発行者●山下直久

発行●株式会社KADOKAWA
〒102-8177　東京都千代田区富士見2-13-3
電話　0570-002-301（ナビダイヤル）

角川文庫 24165

印刷所●株式会社暁印刷
製本所●本間製本株式会社

表紙画●和田三造

ISBN 978-4-04-115015-3　C0193

◇◇◇

角川文庫発刊に際して

角川源義

第二次世界大戦の敗北は、軍事力の敗北であった以上に、私たちの若い文化力の敗退であった。私たちの文化が戦争に対して如何に無力であり、単なるあだ花に過ぎなかったかを、私たちは身を以て体験し痛感した。西洋近代文化の摂取にとって、明治以後八十年の歳月は決して短かすぎたとは言えない。にもかかわらず、近代文化の伝統を確立し、自由な批判と柔軟な良識に富む文化層として自らを形成することに私たちは失敗して来た。そしてこれは、各層への文化の普及滲透を任務とする出版人の責任でもあった。

一九四五年以来、私たちは再び振出しに戻り、第一歩から踏み出すことを余儀なくされた。これは大きな不幸ではあるが、反面、これまでの混沌・未熟・歪曲の中にあった我が国の文化に秩序と確たる基礎を齎らすためには絶好の機会でもある。角川書店は、このような祖国の文化的危機にあたり、微力をも顧みず再建の礎石たるべき抱負と決意とをもって出発したが、ここに創立以来の念願を果すべく角川文庫を発刊する。これまで刊行されたあらゆる全集叢書文庫類の長所と短所とを検討し、古今東西の不朽の典籍を、良心的編集のもとに、廉価に、そして書架にふさわしい美本として、多くのひとびとに提供しようとする。しかし私たちは徒らに百科全書的な知識のジレッタントを作ることを目的とせず、あくまで祖国の文化に秩序と再建への道を示し、この文庫を角川書店の栄ある事業として、今後永久に継続発展せしめ、学芸と教養との殿堂として大成せんことを期したい。多くの読書子の愛情ある忠言と支持とによって、この希望と抱負とを完遂せしめられんことを願う。

一九四九年五月三日

角川文庫ベストセラー

キッチン常夜灯　長月天音

街の路地裏で夜から朝にかけてオープンする〝キッチン常夜灯〟。寡黙なシェフが作る一皿は、一日の疲れた心をほぐして、明日への元気をくれる――がんばりすぎのあなたに贈る、共感と美味しさ溢れる物語。

向日葵のある台所　秋川滝美

学芸員の麻有子は、東京の郊外で中学2年生の娘とともに暮らしていた。しかし、姉からの電話によって、その生活が崩されることに……。「家族」とは何なのか、改めて考えさせられる著者渾身の衝撃作！

ひとり旅日和　秋川滝美

人見知りの日和は、仕事場でも怒られてばかり。社長から気晴らしに旅へ出ることを勧められる。最初は尻込みしていたが、先輩の後押しもあり、日帰りができる熱海へ。そこから旅の魅力にはまっていき……。

ひとり旅日和　縁結び！　秋川滝美

プライベートが充実してくると、仕事への影響も、周りの目も少しずつ変わってくる。さらに、憧れの人・蓮斗との関係にも変化が起こり……!? 今回のひとり旅の舞台は、函館、房総、大阪、出雲、姫路！

おうちごはん修業中！　秋川滝美

営業一筋の和紗は仕事漬けの毎日。同期の村越と張り合い、柿本課長にひそかに片想いしながら、外食三昧の暮らしをしていると、34歳にしてメタボ予備軍に！　健康のために自炊を決意するけれど……。

角川文庫ベストセラー

猫目荘（ねこのめそう）のまかないごはん　伽古屋圭市

まかない付きが魅力の古びた下宿屋「猫目荘」。再就職も婚活もうまくいかず焦る伊緒は、様々な住人たちと出会い、旬の食材を使ったごはんを食べるうち、〝居場所〟を見つけていく。おいしくて心温まる物語。

潮風キッチン　喜多嶋　隆

突然小さな料理店を経営することになった海果だが、奮闘むなしく店は閑古鳥。そんなある日、ちょっぴり生意気そうな女の子に出会う。「人生の戦力外通告」をされた人々の再生を、温かなまなざしで描く物語。

潮風メニュー　喜多嶋　隆

地元の魚と野菜を使った料理が人気を呼び、海果が一人で始めた小さな料理店は軌道に乗りはじめた。だがある日、店ごと買い取りたいという人が現れて……居場所を失った人が再び一歩を踏み出す姿を描く、感動の物語。

潮風テーブル　喜多嶋　隆

葉山の新鮮な魚と野菜を使った料理が人気の料理店。オーナー・海果の気取らず懸命な生き方は、周りの人々を変えていく。だが、台風で家が被害を受けた上、思いがけないできごとが起こり……心震える感動作。

さいごの毛布　近藤史恵

年老いた犬を飼い主の代わりに看取る老犬ホームに勤めることになった智美。なにやら事情がありそうなオーナーと同僚、ホームの存続を脅かす事件の数々――。愛犬の終の棲家の平穏を守ることはできるのか？

角川文庫ベストセラー

みかんとひよどり　近藤史恵

シェフの亮二は鬱屈としていた。料理に自信はあるのに、店に客が来ないのだ。そんなある日、山で遭難しかけたところを、無愛想な猟師・大高に救われる。彼の腕を見込んだ亮二は、あることを思いつく……。

ホテルジューシー　坂木司

天下無敵のしっかり女子、ヒロちゃんが沖縄の超アバウトなゲストハウスにて繰り広げる奮闘と出会いと笑いと涙と、ちょっぴりドキドキの日々。南風が運ぶ大共感の日常ミステリ!!

大きな音が聞こえるか　坂木司

退屈な毎日を持て余していた高1の泳は、終わらない波・ポロロッカの存在を知ってアマゾン行きを決める。たくさんの人や出来事に出会いぶつかりながら、泳は少しずつ成長していき……胸が熱くなる青春小説！

肉小説集　坂木司

凡庸を嫌い、「上品」を好むデザイナーの僕。正反対な婚約者には、さらに強烈な父親がいて――。（「アメリカ人の王様」）不器用でままならない人生の瞬間を、肉の部位とそれぞれの料理で彩った短篇集。

鶏小説集　坂木司

似てるけど似てない俺たち。思春期の葛藤と成長を描く（「トリとチキン」）。人づきあいが苦手な漫画家が描く、エピソードゼロとは？（「とべ　エンド」）。肉と人生をめぐるユーモアと感動に満ちた短篇集。

角川文庫ベストセラー

からまる 千早茜

生きる目的を見出せない公務員の男、不慮の妊娠に悩む女子短大生、そして、クラスで問題を起こした少年……。注目の島清恋愛文学賞作家が〝いま〟を生きる7人の男女を美しく艶やかに描いた、7つの連作集。

眠りの庭 千早茜

白い肌、長い髪、そして細い身体。彼女に関わる男たちは、みないつのまにか魅了されていく。そしてやがて明らかになる彼女に隠された真実。2つの物語がひとつにつながったとき、衝撃の真実が浮かび上がる。

ふちなしのかがみ 辻村深月

冬也に一目惚れした加奈子は、恋の行方を知りたくて禁断の占いに手を出してしまう。鏡の前に蠟燭を並べ、向こうを見ると――子どもの頃、誰もが覗き込んだ異界への扉を、青春ミステリの旗手が鮮やかに描く。

本日は大安なり 辻村深月

企みを胸に秘めた美人双子姉妹、プランナーを困らせるクレーマー新婦、新婦に重大な事実を告げられないまま、結婚式当日を迎えた新郎……。人気結婚式場の一日を舞台に人生の悲喜こもごもをすくい取る。

きのうの影踏み 辻村深月

どうか、女の子の霊が現れますように。おばさんとその子が、会えますように。交通事故で亡くした娘を待ちわびる母の願いは祈りになった――。辻村深月が〝怖くて好きなものを全部入れて書いた〟という本格恐怖譚。

角川文庫ベストセラー

嵐の湯へようこそ！　松尾由美

存在すら知らなかった伯父の「遺産」を相続し、銭湯を経営するはめになった姉妹。一癖ある従業員たちに慣れる間もなく、なぜか2人のもとに、町内を悩ます「謎」が次々と持ち込まれる。温かい日常ミステリ。

ののはな通信　三浦しをん

ののとはな。横浜の高校に通う2人の少女は、性格が正反対の親友同士。しかし、ののははなに友達以上の気持ちを抱いていた。幼い恋から始まる物語は、やがて大人となった2人の人生へと繋がって……。

丸の内魔法少女ミラクリーナ　村田沙耶香

36歳のリナは、脳内で魔法少女に〝変身〟し、退屈な毎日を乗り切っている。だが、親友の恋人であるモラハラ男と一緒に、魔法少女ごっこをするはめになり……常識を覆す4篇を収録した、著者の新たなる代表作。

株式会社シェフ工房　企画開発室　森崎緩

憧れのキッチン用品メーカーに就職した新津。製品知識のない営業マンや天才発明家の先輩、手厳しい製造担当など一癖あるメンバーに囲まれながら悪戦苦闘。便利グッズを使ったレシピ満載の絶品グルメ×お仕事小説！

消えてなくなっても　椰月美智子

運命がもたらす大きな悲しみを、人はどのように受け入れるのか。椰月美智子が初めて挑んだ〝死生観〟を問う作品。生きることに疲れたら読みたい、優しく寄り添ってくれる〝人生の忘れられない1冊〟になる。

角川文庫ベストセラー

明日の食卓

椰月美智子

小学3年生の息子を育てる、環境も年齢も違う3人の母親たち。些細なことがきっかけで、幸せだった生活が少しずつ崩れていく。無意識に子どもに向けてしまう苛立ちと暴力。普通の家庭の光と闇を描く、衝撃の物語。

さしすせその女たち

椰月美智子

39歳の多香実は、年子の子どもを抱えるワーママ。マーケティング会社での仕事と子育ての両立に悩みながらも毎日を懸命にこなしていた。しかしある出来事をきっかけに、夫への思わぬ感情が生じ始める——。

つながりの蔵

椰月美智子

小学5年生だったあの夏、幽霊屋敷と噂される同級生の屋敷には、北側に隠居部屋や祠、そして東側には古い〝蔵〟があった。初恋に友情にファッションに忙しい少女たちは、それぞれに「悲しさ」を秘めていて——。

おいしい旅 想い出編

秋川滝美、大崎 梢、柴田よしき、新津きよみ、福田和代、光原百合、矢崎存美 編／アミの会

昔住んでいた街、懐かしい友人、大切な料理。温かな記憶をめぐる「想い出」の旅を描いた書き下ろし7作品を収録。読めば優しい気持ちに満たされる、実力派作家7名による文庫オリジナルアンソロジー。

おいしい旅 初めて編

近藤史恵、坂木 司、篠田真由美、図子 慧、永嶋恵美、松尾由美、松村比呂美 編／アミの会

訪れたことのない場所、見たことのない景色、その土地ならではの絶品グルメ。様々な「初めて」の旅を描いた7作品を収録。読めば思わず出かけたくなる、実力派作家7名による文庫オリジナルアンソロジー。